**PARA NÃO
ESQUECER**

lispector

PARA NÃO ESQUECER

POSFÁCIO DE
ARNALDO FRANCO JUNIOR

Rocco

Copyright © 2019 *by* Paulo Gurgel Valente

Texto posfácio de Arnaldo Franco Junior

Direitos desta edição reservados à
EDITORA ROCCO LTDA.
Rua Evaristo da Veiga, 65 – 11º andar
Passeio Corporate – Torre 1
20031-040 – Rio de Janeiro, RJ
Tel.: (21) 3525-2000 – Fax: (21) 3525-2001
rocco@rocco.com.br | www.rocco.com.br

Printed in Brazil/Impresso no Brasil

Preparação de originais
Pedro Karp Vasquez

Projeto gráfico
Victor Burton e Anderson Junqueira

CIP-Brasil. Catalogação na publicação.
Sindicato Nacional dos Editores de Livros, RJ.

L753p	Lispector, Clarice
	Para não esquecer / Clarice Lispector.
	– 1. ed. – Rio de Janeiro: Rocco, 2020.

"Edição comemorativa ampliada com posfácio"

ISBN 978-85-325-3175-9

ISBN 978-85-8122-797-9 (e-book)

1. Crônicas brasileiras. I. Título.

20-62541   CDD-869.8
                      CDU-82-94(81)

Vanessa Mafra Xavier Salgado - Bibliotecária - CRB-7/6644

O texto deste livro obedece às normas
do Acordo Ortográfico da Língua Portuguesa.

Impressão e Acabamento: Gráfica Santa Marta.

Um pintor
11

Os espelhos
12

Por não estarem
distraídos
14

Noite de fevereiro
15

O cetro
16

Corpo e alma
16

Futuro de uma
delicadeza
17

Instantâneo
de uma senhora
17

Paul Klee
18

Um pato feio
19

O segredo
19

Muito mais simples
19

Mas já que se há
de escrever...
19

A ceia divina
20

"Acabou de sair"
20

A vez de missionária
20

Domingo de tarde
21

Mas é que o erro...
21

Romance
21

Como se chama
22

Era uma vez
22

África
23

Trabalho humano
24

A experiência maior
24

Mentir, pensar
24

A pesca milagrosa
25

Lembrar-se
25

Escrever, humildade,
técnica
25

Sem heroísmo
26

Sem aviso
26

Aventura
27

A Catedral de Berna,
domingo de noite
28

Na manjedoura
28

Esboço de um
guarda-roupa
29

Literatura e justiça
30

Quem ela era
31

Hora do marinheiro
partir
31

Primavera não
sentimental
31

Bandeira ao vento
32

Abstrato e figurativo
32

A nossa natureza,
meu bem
32

Um degrau acima
32

Glória a Deus nas
alturas e...
33

Mal-estar de um anjo
33

Uma imagem de prazer
37

Silent night, holy night
39

Reconstituição de uma
dama
40

Aldeia italiana
40

Conversa com filho
41

Verão na sala
41

Um homem discreto
41

Estilo
42

Brasília
42

Brasília: Esplendor
46

Domingo, antes de dormir
68

Porque eu quero
69

A arte de não ser voraz
70

Saguão em Grajaú
70

A cozinheira feliz,
a grandeza da sinceridade
70

Crônica social
71

A geleia viva
71

A explicação inútil
73

Come, meu filho
76

Submissão ao processo
78

Crítica leve
79

Crítica pesada
79

Uma ira
79

Não soltar os cavalos
83

Avareza
84

As negociatas
84

Lembrança de um
verão difícil
84

Um amor conquistado
86

O chá
88

O recrutamento
90

Boa notícia para uma
criança
90

O primeiro aluno da classe
90

Desenhando um menino
91

Uma italiana na Suíça
94

Irmãos
97

Um homem público
99

Aniversário
100

Aniversário
100

Notas sobre dança hindu
101

A posteridade
nos julgará
103

O quarto secreto, teu quarto
104

"Ad Eternitatem"
104

Aproximação gradativa
104

Entendimento
104

Longo, inflado descanso
105

Perfil de seres eleitos
105

Escrever, prolongar
o tempo
109

Reconhecendo o amor
109

Dois modos
110

Uma porta abstrata
110

Berna
111

A vingança
e a reconciliação penosa
112

"As aparências enganam"
116

"Nem tudo o que
reluz é ouro"
117

Esperança
117

A mudez cantada,
a mudez dançada
118

A escritora
120

Um homem espanhol
122

O líder
125

Atenção ao sábado
127

Por ser hoje
127

A sensível
128

Discurso
de inauguração
129

Escrevendo
131

Mineirinho
132

Posfácio
137

Referências Bibliográficas
155

UM PINTOR

a surpresa de ver que o pintor começa por não recear inclusive a simetria. É preciso experiência ou coragem para revalorizá-la, quando facilmente se pode imitar o "falso assimétrico", uma das originalidades mais comuns. A simetria é concentrada, conseguida. Mas não dogmática. É também hesitante, como a dos que passaram pela esperança de que duas assimetrias encontrar-se-ão na simetria. Esta como solução terceira: a síntese. Daí talvez o ar despojado, a delicadeza de coisa vivida e depois revivida, e não um certo arrojo dos que não sabem. Não é propriamente tranquilidade o que está ali. Há uma dura luta de coisa que apesar de corroída se mantém de pé, e nas cores mais densas há uma lividez daquilo que mesmo torto está de pé. Suas cruzes são entortadas por séculos de mortificação. São altares? Pelo menos o silêncio de altar. O silêncio de portais. O esverdeamento toma um tom do que estivesse entre vida e morte, uma intensidade de crepúsculo. Há bronze velho nas cores quietas, e aço; e tudo ampliado por um silêncio de coisas encontradas na estrada. Sentem-se longa estrada e poeira antes de chegar ao pouso do quadro; de algum modo este é um pouso, enfim, e recebe. Mesmo que os portais não se abram. Ou já é igreja o portal da igreja, e diante dele já se chegou? Ainda há a luta para não transpô-lo. E em nenhum quadro está dito: igreja. São muros de um Cristo que está ausente, mas os muros estão ali, e tudo é tocável, finalmente tocável para quem chega de longe. Pois é pintura tocável: as mãos também a olham. O pintor cria o material antes de pintá-lo, e a madeira torna-se tão imprescindível para a sua pintura como o seria para um escultor de madeira. E o material criado é religioso: tem o peso de vigas de convento. É compacto, fechado como uma porta fechada. Mas nele foram esfoladas aberturas, rasgadas quase por unhas. E é através dessas brechas que se vê o que está dentro de uma síntese. Cor coagulada, violência, martírio são as vigas que sustentam o silêncio de uma simetria religiosa.

OS ESPELHOS

O que é um espelho? Não existe a palavra espelho – só espelhos, pois um único é uma infinidade de espelhos. – Em algum lugar do mundo deve haver uma mina de espelhos? Não são precisos muitos para se ter a mina faiscante e sonambúlica: bastam dois, e um reflete o reflexo do que o outro refletiu, num tremor que se transmite em mensagem intensa e insistente *ad infinitum*, liquidez em que se pode mergulhar a mão fascinada e retirá-la escorrendo de reflexos, os reflexos dessa dura água. – O que é um espelho? Como a bola de cristal dos videntes, ele me arrasta para o vazio que no vidente é o seu campo de meditação, e em mim o campo de silêncios e silêncios. – Esse vazio cristalizado que tem dentro de si espaço para se ir para sempre em frente sem parar: pois espelho é o espaço mais fundo que existe. – E é coisa mágica: quem tem um pedaço quebrado já poderia ir com ele meditar no deserto. De onde também voltaria vazio, iluminado e translúcido, e com o mesmo silêncio vibrante de um espelho. – A sua forma não importa: nenhuma forma consegue circunscrevê-lo e alterá-lo, não existe espelho quadrangular ou circular: um pedaço mínimo é sempre o espelho todo: tira-se a sua moldura e ele cresce assim como a água se derrama. – O que é um espelho? é o único material inventado que é natural.

Quem olha um espelho conseguindo ao mesmo tempo isenção de si mesmo, quem consegue vê-lo sem se ver, quem entende que a sua profundidade é ele ser vazio, quem caminha para dentro de seu espaço transparente sem deixar nele o vestígio da própria imagem – então percebeu o seu mistério. Para isso há-de se surpreendê-lo sozinho, quando pendurado num quarto vazio, sem esquecer que a mais tênue agulha diante dele poderia transformá-lo em simples imagem de uma agulha.

Devo ter precisado de minha própria delicadeza para não atravessá-lo com a própria imagem, pois espelho em que eu me veja sou eu, mas espelho vazio é que é o espelho vivo. Só uma pessoa muito delicada pode entrar no quarto vazio onde há um espelho vazio, e com tal leveza, com tal ausência de si mesma, que a imagem não marca. Como prêmio, essa pessoa delicada terá então penetrado num dos segredos invioláveis das coisas: Vi o espelho propriamente dito.

E descobri os enormes espaços gelados que ele tem em si, apenas interrompidos por um ou outro alto bloco de gelo. Em outro instante, este muito raro – e é preciso ficar de espreita dias e noites, em jejum de si mesmo, para poder captar esse instante – nesse instante consegui surpreender a sucessão de escuridões que há dentro dele. Depois, apenas com preto e branco, recapturei sua luminosidade arco-irisada e trêmula. Com o mesmo preto e branco recapturei também, num arrepio de frio, uma de suas verdades mais difíceis: o seu gélido silêncio sem cor. É preciso entender a violenta ausência de cor de um espelho para poder recriá-lo, assim como se recriasse a violenta ausência de gosto da água.

POR NÃO ESTAREM DISTRAÍDOS

Havia a levíssima embriaguez de andarem juntos, a alegria como quando se sente a garganta um pouco seca e se vê que por admiração se estava de boca entreaberta: eles respiravam de antemão o ar que estava à frente, e ter esta sede era a própria água deles. Andavam por ruas e ruas falando e rindo, falavam e riam para dar matéria e peso à levíssima embriaguez que era a alegria da sede deles. Por causa de carros e pessoas, às vezes eles se tocavam, e ao toque – a sede é a graça, mas as águas são uma beleza de escuras – e ao toque brilhava o brilho da água deles, a boca ficando um pouco mais seca de admiração. Como eles admiravam estarem juntos!

Até que tudo se transformou em não. Tudo se transformou em não quando eles quiseram essa mesma alegria deles. Então a grande dança dos erros. O cerimonial das palavras desacertadas. Ele procurava e não via, ela não via que ele não via, ela que estava ali, no entanto. No entanto ele que estava ali. Tudo errou, e havia a grande poeira das ruas, e quanto mais erravam, mais com aspereza queriam, sem um sorriso. Tudo só porque tinham prestado atenção, só porque não estavam bastante distraídos. Só porque, de súbito exigentes e duros, quiseram ter o que já tinham. Tudo porque quiseram dar um nome; porque quiseram ser, eles que eram. Foram então aprender que, não se estando distraído, o telefone não toca, e é preciso sair de casa para que a carta chegue, e quando o telefone finalmente toca, o deserto da espera já cortou os fios. Tudo, tudo por não estarem mais distraídos.

NOITE DE FEVEREIRO

Juro, acredita em mim – a sala de visitas estava escura – mas a música chamou para o centro da sala – a sala se escureceu toda dentro da escuridão – eu estava nas trevas – senti que por mais escura a sala era clara – agasalhei-me no medo – como já me agasalhei de ti em ti mesmo – que foi que encontrei? – nada senão que a sala escura enchia-se da claridade que se adivinha no mais escuro – e que eu tremia no centro dessa difícil luz – acredita em mim embora eu não possa explicar – houve alguma coisa perfeita e graciosa – como se eu nunca tivesse visto uma flor – ou como se eu fosse a flor – e houvesse uma abelha – uma abelha gelada de pavor – diante da irrespirável graça dessa luz das trevas que é uma flor – e a flor estava gelada de pavor diante da abelha que era muito doce – acredita em mim que também não creio – que também não sei o que poderia uma abelha viva de pavor querer na escura vida de uma flor – mas crê em mim – a sala estava cheia de um sorriso penetrante – um rito fatal se cumpria – e o que se chama de pavor não é pavor – é a brancura subindo das trevas – não ficou nenhuma prova – nada te posso garantir – eu sou a única prova de mim.

O CETRO

Mas se nós, que somos os reis da natureza, não havemos de ter medo, quem há de ter?

CORPO E ALMA

Na Itália *il miracolo* é de pesca noturna. Mortalmente ferido pelo arpão, larga no mar sua tinta roxa. Quem o pesca desembarca antes de o sol nascer – sabendo com o rosto lívido e responsável que arrasta pelas areias o enorme peso da pesca milagrosa, amor. *Milagre* é lágrima na folha, treme, desliza, tomba: eis milhares de milágrimas brilhando no chão. *The miracle* tem duras pontas de estrelas e muita prata farpada. Para passar de palavra a seu sentido, destrói-se em estilhaços, assim como fogo de artifício é objeto opaco até ser fulgor no ar e a própria morte. (Na passagem de corpo a sentido, o zangão tem o mesmo atingimento supremo: ele morre.) *Le miracle* é um octógono de vidro que se pode girar lentamente na palma da mão. Ele está na mão, mas é de se olhar. Pode-se vê-lo de todos os lados, bem devagar, e de cada lado é o octógono de vidro. Até que de repente – arriscando o corpo, e já toda pálida de sentido – a pessoa entende: na própria mão aberta não está um octógono, mas um milagre. A partir desse instante não se vê mais nada. Tem-se.

FUTURO DE UMA DELICADEZA

– Mamãe vi um filhote de furacão, mas tão filhotinho ainda, tão pequeno ainda, que só fazia mesmo era rodar bem de leve umas três folhinhas na esquina...

INSTANTÂNEO DE UMA SENHORA

Morava numa pensão da Rua São Clemente. Era volumosa, e cheirava a quando a galinha vem meio crua para a mesa. Tinha cinco dentes e a boca seca. Sua reputação não fora inventada: ainda falava francês com quem tivesse oportunidade, mesmo que a pessoa também falasse português e preferisse não corar com a própria pronúncia. A ausência de saliva tirava-lhe qualquer volubilidade da voz, dava-lhe uma contenção. Havia majestade naquele grande volume sustentado por pés minúsculos, na potência dos cinco dentes, nos cabelos ralos que esvoaçavam à menor brisa (como em retrato de pessoas em exílio). Mas houve a segunda-feira de manhã em que ela, em vez de sair do quarto, veio da rua. Estava lisa e com o pescoço claro, sem nenhum cheiro de galinha. Disse que passara o domingo na casa do filho, onde pernoitara. Estava de vestido preto de um cetim já apagado; em vez de ir para o quarto mudar de roupa e ser uma pessoa da pensão, sentou-se na sala de visitas e disse que a família era a base da sociedade. Referiu-se de passagem a um banho de imersão que tomara na confortável banheira da nora. Sentada durante horas junto ao jarro da sala – olhos úmidos, boca seca, e só tendo conversas adequadas a um ambiente invisível – deixava sem jeito os pensionistas ainda de robe. De tarde via-se que os sapatos abotinados lhe apertavam os pés, mas continuou de visita, levantada a grande cabeça de profeta. Na hora em que elogiou o passadio magnífico da casa do filho seus olhos se fecharam de náusea. Recolheu-se, vomitou, recusou ajuda quando lhe bateram à porta do quarto. Na hora do jantar apareceu para uma xícara de chá, de olheiras marrons, com o largo vestido de estampazinha de ramagem, e de novo sem *soutien*. O que havia de estranho era a pele mais clara. Os pensionistas evitaram olhá-la. Não falou com ninguém, o Rei Lear. Estava quieta, grande, despenteada, limpa. Fora feliz inutilmente.

PAUL KLEE

Se eu me demorar demais olhando *Paysage aux oiseaux jaunes*, de Klee, nunca mais poderei voltar atrás. Coragem e covardia são um jogo que se joga a cada instante. Assusta a visão talvez irremediável e que talvez seja a da liberdade. O hábito de olhar através das grades da prisão, o conforto de segurar com as duas mãos as barras, enquanto olho. A prisão é a segurança, as barras o apoio para as mãos. Então reconheço que a liberdade é só para muito poucos. De novo coragem e covardia se jogaram: minha coragem, inteiramente possível, me amedronta. Pois sei que minha coragem é possível. Começo então a pensar que entre os loucos há os que não são loucos. É que a possibilidade, que é verdadeiramente realizada, não é para ser entendida. E à medida que a pessoa quiser explicar, ela estará perdendo a coragem, ela já estará pedindo; *Paysage aux oiseaux jaunes* não pede. Pelo menos calculo o que seria a liberdade. E é isso o que torna intolerável a segurança das grades; o conforto desta prisão me bate na cara. Tudo o que eu tenho aguentado – só para não ser livre...

UM PATO FEIO

Mas foi no voo que se explicou seu braço desajeitado: era asa. E o olho um pouco estúpido, aquele olhar estúpido dava certo nas larguras. Andava mal, mas voava. Voava tão bem que até arriscava a vida, o que era um luxo. Andava ridículo, cuidadoso. No chão ele era um paciente.

O SEGREDO

Há uma palavra que pertence a um reino que me deixa muda de horror. Não espantes o nosso mundo, não empurres com a palavra incauta o nosso barco para sempre ao mar. Temo que depois da palavra tocada fiquemos puros demais. Que faríamos de nossa vida pura? Deixa o céu à esperança apenas, com os dedos trêmulos cerro os teus lábios, não a digas. Há tanto tempo eu de medo a escondo que esqueci que a desconheço, e dela fiz o meu segredo mortal.

MUITO MAIS SIMPLES

Pois se em vida é um calado, por que havia de escrever falando? Os calados só dizem o que precisam; e isso impede os outros de ouvirem? Trata-se de pessoa silenciosa; daí o ar hermético.

MAS JÁ QUE SE HÁ DE ESCREVER...

Mas já que se há de escrever, que ao menos não se esmaguem com palavras as entrelinhas.

A CEIA DIVINA

Laranja na mesa. Bendita a árvore que te pariu.

"ACABOU DE SAIR"

Sua enorme inteligência compreensiva, aquele seu coração vazio de mim que precisa que eu seja admirável para poder me admirar. Minha grande altivez: prefiro ser achada na rua. Do que neste fictício palácio onde não me acharão porque – porque mando dizer que não estou, "ela acabou de sair".

A VEZ DE MISSIONÁRIA

Quando o fantasma de pessoa viva me toma. Sei que por vários dias serei essa mulher do missionário. A magreza e a delicadeza dela já me tomaram. É com algum deslumbramento, e prévio cansaço, que sucumbo ao que vou experimentar viver. E com alguma apreensão, do ponto de vista prático: ando agora ocupada demais com os meus deveres para poder arcar com o peso dessa vida nova que não conheço, mas cuja tensão evangelical já começo a sentir. Percebo que no avião mesmo já comecei a andar com esse passo de santa leiga. Quando saltar em terra, provavelmente já terei esse ar de sofrimento físico e de esperança moral. No entanto quando entrei no avião estava tão forte. Estava, não, estou. É que toda a minha força está sendo usada para eu conseguir ser fraca. Sou uma missionária ao vento. Entendo, entendo, entendo. Não entendo é nada: só que "não entendo" com o mesmo fanatismo depurado dessa mulher pálida. Já sei que só daí a uns dias conseguirei recomeçar a minha própria vida, que nunca foi própria, senão quando o meu fantasma me toma.

DOMINGO DE TARDE

O jardim está ensopado de chuva, como são grossas as gotas, e o ar brilha. A corola continua de face opaca. Os seixos escorrem, as vidraças da sala escorrem, as folhas pesam no ar, na lama treme em espinhos uma roseira de rosas empinadas. Então é que chove mais. O que me pergunto muito pensativa: em que terá dado a alegria do Concurso Hípico?

MAS É QUE O ERRO...

Mas é que o erro das pessoas inteligentes é tão mais grave: elas têm os argumentos que provam.

ROMANCE

Ficaria mais atraente se eu o tornasse mais atraente. Usando, por exemplo, algumas das coisas que emolduram uma vida ou uma coisa ou romance ou um personagem. É perfeitamente lícito tornar atraente, só que há o perigo de um quadro se tornar quadro porque a moldura o fez quadro. Para ler, é claro, prefiro o atraente, me cansa menos, me arrasta mais, me delimita e me contorna. Para escrever, porém, tenho que prescindir. A experiência vale a pena, mesmo que seja apenas para quem escreveu.

COMO SE CHAMA

Se recebo um presente dado com carinho por pessoa de quem não gosto – como se chama o que sinto? Uma pessoa de quem não se gosta mais e que não gosta mais da gente – como se chama essa mágoa e esse rancor? Estar ocupada, e de repente parar por ter sido tomada por uma desocupação beata, milagrosa, sorridente e idiota – como se chama o que se sentiu? O único modo de chamar é perguntar: como se chama? Até hoje só consegui nomear com a própria pergunta. Qual é o nome? e este é o nome.

ERA UMA VEZ

Respondi que eu gostaria mesmo era de poder um dia afinal escrever uma história que começasse assim: "era uma vez...". Para crianças? perguntaram. Não, para adultos mesmo, respondi já distraída, ocupada em me lembrar de minhas primeiras histórias aos sete anos, todas começando com "era uma vez"; eu as enviava para a página infantil das quintas-feiras do jornal de Recife, e nenhuma, mas nenhuma, foi jamais publicada. E era fácil de ver por quê. Nenhuma contava propriamente uma história com os fatos necessários a uma história. Eu lia as que eles publicavam, e todas relatavam um acontecimento. Mas se eles eram teimosos, eu também.

Mas desde então eu havia mudado tanto, quem sabe eu agora já estava pronta para o verdadeiro "era uma vez". Perguntei-me em seguida: e por que não começo? agora mesmo? Seria simples, senti eu.

E comecei. Ao ter escrito a primeira frase, vi imediatamente que ainda me era impossível. Eu havia escrito:

"Era uma vez um pássaro, meu Deus."

ÁFRICA

Vilas de Tallah, Kebbe e Sasstown, dentro da Libéria, com a jornalista Anna Kipper, os Capitães Crockett e Bill Young. Os missionários ainda não tinham posto pé ali. Alguns dos habitantes haviam trabalhado na base aérea, falavam alguma coisa de inglês como se fosse mais um dialeto local (só na Monróvia há 24 ou 25 dialetos). No meio da conversa interrompem-se, dizem com cuidado e prazer: *hellô* – prestam atenção à ressonância do que disseram, riem então, e continuam. Adoram dar adeus. São de um preto fosco e unido que parece repelir água, como o cisne que nunca está molhado. Alguns meninos com umbigo do tamanho de uma laranja. Uma de nós é muito examinada por um negro jovem e, sem saber o que fazer, termina por lhe dar adeus. O rapaz fica encantado e, com aplicação, numa delicadeza de oferenda, faz gestos obscenos. As negras jovens pintam o rosto com traços ocre, e o lábio inferior com uma tinta cor de gangrena e azinhavre. Uma, a quem agrado o filho, diz: *baby nice, baby cry money* – sua voz é tão cantante que parece encher de água uma bilha. O Capitão Young lhe dá um níquel. *Baby cry big money*, reclama ela entornando a bilha com sua voz de risos. Eles riem muito, mesmo os de rosto melancólico; não há um traço de escárnio ou vontade de poder no riso; o riso é uma mistura de fascinação, humildade, curiosidade e alegria. Uma delas me olha atentamente. E muito de súbito brota em frase longuíssima, arenga sem raiva onde não reconheço um só *r* ou *s*, apenas variações na escala do *l*, vaivém de lenga-lenga. Recorro ao intérprete. Ele resume curtíssimo: *she likes you*. A moça então explode em outra lenga-lenga que dessa vez enche várias bilhas com chuva cantante. O intérprete: meu lenço de cabeça. Tiro-o, mostro-lhe como usá-lo. Quando vejo, estou cercada de pretas moças e esgalhadas, seminuas, todas muito sérias e quietas. Nenhuma presta atenção ao que ensino, e vou ficando sem jeito, assim rodeada de corças negras. Nos rostos opacos as listras pintadas me olham. A doçura contagia: também me aquieto. Uma delas então se adianta no seu pé leve, e como se cumprisse um ritual – eles se dão inteiramente à forma – pega nos meus cabelos, alisa-os, experimenta-os, concentrada. Todas assistem. Não me mexo, para não assustá-las. Quando ela acaba, há ainda um momento de silêncio. E eis que de repente tantos risos misturados e tantos espantos alegres como se o silêncio tivesse debandado.

TRABALHO HUMANO

Talvez esse tenha sido o meu maior esforço de vida: para compreender minha não inteligência fui obrigada a me tornar inteligente. (Usa-se a inteligência para entender a não inteligência. Só que depois o instrumento continua a ser usado – e não podemos colher as coisas de mãos limpas.)

A EXPERIÊNCIA MAIOR

Eu antes tinha querido ser os outros para conhecer o que não era eu. Entendi então que eu já tinha sido os outros e isso era fácil. Minha experiência maior seria ser o outro dos outros: e o outro dos outros era eu.

MENTIR, PENSAR

O pior de mentir é que cria falsa verdade. (Não, não é tão óbvio como parece, não é truísmo; sei que estou dizendo uma coisa e que apenas não sei dizê-la do modo certo, aliás o que me irrita é que tudo tem de ser "do modo certo", imposição muito limitadora.) O que é mesmo que eu estava tentando pensar? Talvez isso: se a mentira fosse apenas a negação da verdade, então este seria um dos modos (negativos) de dizer a verdade. Mas a mentira pior é a mentira "criadora". (Não há dúvida: pensar me irrita, pois antes de começar a tentar pensar eu sabia muito bem o que eu sabia.)

A PESCA MILAGROSA

Então escrever é o modo de quem tem a palavra como isca: a palavra pescando o que não é palavra. Quando essa não palavra morde a isca, alguma coisa se escreveu. Uma vez que se pescou a entrelinha, podia-se com alívio jogar a palavra fora. Mas aí cessa a analogia: a não palavra, ao morder a isca, incorporou-a. O que salva então é ler "distraidamente".

LEMBRAR-SE

Escrever é tantas vezes lembrar-se do que nunca existiu. Como conseguirei saber do que nem ao menos sei? assim: como se me lembrasse. Com um esforço de "memória", como se eu nunca tivesse nascido. Nunca nasci, nunca vivi: mas eu me lembro, e a lembrança é em carne viva.

ESCREVER, HUMILDADE, TÉCNICA

Essa incapacidade de atingir, de entender, é que faz com que eu, por instinto de... de quê? procure um modo de falar que me leve mais depressa ao entendimento. Esse modo, esse "estilo" (!), já foi chamado de várias coisas, mas não do que realmente e apenas é: uma procura humilde. Nunca tive um só problema de expressão, meu problema é muito mais grave: é o de concepção. Quando falo em "humildade", refiro-me à humildade no sentido cristão (como ideal a poder ser alcançado ou não); refiro-me à humildade que vem da plena consciência de se ser realmente incapaz. E refiro-me à humildade como técnica. Virgem Maria, até eu mesma me assustei com minha falta de pudor; mas é que não é. Humildade como técnica é o seguinte: só se aproximando com humildade da coisa é que ela não escapa totalmente. Descobri este tipo de humildade, o que não deixa de ser uma forma engraçada de orgulho. Orgulho não é pecado, pelo menos não grave: orgulho é coisa infantil em que se cai como se cai em gulodice. Só que orgulho tem a enorme desvantagem de ser um erro grave, com todo o atraso que erro dá à vida, faz perder muito tempo.

SEM HEROÍSMO

Mesmo em Camus – esse amor pelo heroísmo. Então não há outro modo? Não, mesmo compreender já é heroísmo. Então um homem não pode simplesmente abrir uma porta e olhar?

SEM AVISO

Tanta coisa que então eu não sabia. Nunca tinham me falado, por exemplo, deste sol das três horas. Também não me tinham falado deste ritmo tão seco, desta martelada de poeira. Que doeria, tinham me dito. Mas que o passarinho que vem para minha esperança do horizonte abra asas de águia sobre mim, isso eu não sabia. Não sabia o que é ser sombreada por grandes asas abertas, um bico de águia inclinado rindo. Quando nos álbuns de adolescente eu respondia com orgulho que não acreditava no amor, era então que eu mais amava. Também não sabia no que dá mentir. Comecei a mentir por precaução, e ninguém me avisou do perigo de ser precavida, e depois nunca mais a mentira descolou de mim. E tanto menti que comecei a mentir até a minha própria mentira. E isso – já atordoada eu sentia – era dizer a verdade. Até que decaí tanto que a mentira eu a dizia crua, simples, curta: eu dizia a verdade bruta.

AVENTURA

Minhas intuições se tornam mais claras ao esforço de transpô-las em palavras. É neste sentido, pois, que escrever me é uma necessidade. De um lado, porque escrever é um modo de não mentir o sentimento (a transfiguração involuntária da imaginação é apenas um modo de chegar); de outro lado, escrevo pela incapacidade de entender, sem ser através do processo de escrever. Se tomo um ar hermético, é que não só o principal é não mentir o sentimento como porque tenho incapacidade de transpô-lo de um modo claro sem que o minta – mentir o pensamento seria tirar a única alegria de escrever. Assim, tantas vezes tomo um ar involuntariamente hermético, o que acho bem chato nos outros. Depois da coisa escrita, eu poderia friamente torná-la mais clara? Mas é que sou obstinada. E por outro lado, respeito uma certa clareza peculiar ao mistério natural, não substituível por clareza outra nenhuma. E também porque acredito que a coisa se esclarece sozinha com o tempo: assim como num copo dágua, uma vez depositado no fundo o que quer que seja, a água fica clara. Se jamais a água ficar limpa, pior para mim. Aceito o risco. Aceitei risco bem maior, como todo o mundo que vive. E se aceito o risco não é por liberdade arbitrária ou inconsciência ou arrogância: a cada dia que acordo, por hábito até, aceito o risco. Sempre tive um profundo senso de aventura, e a palavra profundo está aí querendo dizer inerente. Este senso de aventura é o que me dá o que tenho de aproximação mais isenta e real em relação a viver e, de cambulhada, a escrever.

A CATEDRAL DE BERNA,
DOMINGO DE NOITE

Todos os domingos de noite (acho que sábado de noite também) acendiam o que me pareciam milhares de lâmpadas em torno do contorno da Catedral, gótica, dura, pura. O que acontecia então é que, a distância, tudo o que era pedra rugosa se transformava em simples desenho de luz. Esta desmaterializava o compacto. E por mais que a vista inteligente quisesse continuar a enxergar o impacto de uma parede, sentia que a transpassava. Atingindo não o outro lado da transparência, mas a própria transparência.

NA MANJEDOURA

Na manjedoura estava calmo e bom. Era de tardinha, ainda não se via a estrela. Por enquanto o nascimento era só de família. Os outros sentiam mas ninguém via. Na tarde já escurecida, na palha cor de ouro, tenro como um cordeiro refulgia o menino, tenro como o nosso filho. Bem de perto, uma cara de boi e outra de jumento olhavam, e esquentavam o ar com o hálito do corpo. Era depois do parto e tudo úmido repousava, tudo úmido e morno respirava. Maria descansava o corpo cansado, sua tarefa no mundo seria a de cumprir o seu destino e ela agora repousava e olhava. José, de longas barbas, meditava; seu destino, que era o de entender, se realizara. O destino da criança era o de nascer. E o dos bichos ali se fazia e refazia: o de amar sem saber que amavam. A inocência dos meninos, esta a doçura dos brutos compreendia. E, antes dos reis, presenteavam o nascido com o que possuíam: o olhar grande que eles têm e a tepidez do ventre que eles são.

A humanidade é filha de Cristo homem, mas as crianças, os brutos e os amantes são filhos daquele instante na manjedoura. Como são filhos de menino, os seus erros são iluminados: a marca do cordeiro é o seu destino. Eles se reconhecem por uma palidez na testa, como a de uma estrela de tarde, um cheiro de palha e terra, uma paciência de infante. Também as crianças, os pobres de espírito e os que se amam são recusados nas hospedarias. Um menino, porém, é o seu pastor e nada lhes faltará. Há séculos eles se escondem em mistérios e estábulos onde pelos séculos repetem o instante do nascimento: a alegria dos homens.

ESBOÇO DE UM GUARDA-ROUPA

Parece penetrável porque tem uma porta. Ao abri-la, vê-se que se adiou o penetrar: pois por dentro é também uma superfície de madeira, como uma porta fechada. Função: conservar no escuro os travestis. Natureza: a da inviolabilidade das coisas. Relação com pessoas: a gente se olha ao seu espelho sempre em luz inconveniente porque o guarda-roupa nunca está em lugar adequado: fica de pé onde couber, sempre descomunal, corcunda, tímido, sem saber como ser mais discreto. Guarda-roupa é enorme, intruso, triste, bondoso.

Cerra-se, porém, a porta-espelho – e, ao movimento, na nova composição do quarto em sombra, entram frascos e frascos de vidro. (Rápida esperteza, contribuição ao quarto, indício de vida dupla, influência no mundo, eminência parda, o verdadeiro poder nos bastidores.)

LITERATURA E JUSTIÇA

Hoje, de repente, como num verdadeiro achado, minha tolerância para com os outros sobrou um pouco para mim também (por quanto tempo?). Aproveitei a crista da onda, para me pôr em dia com o perdão. Por exemplo, minha tolerância em relação a mim, como pessoa que escreve, é perdoar eu não saber como me aproximar de um modo "literário" (isto é, transformado na veemência da arte) da "coisa social". Desde que me conheço o fato social teve em mim importância maior do que qualquer outro: em Recife os mocambos foram a primeira verdade para mim. Muito antes de sentir "arte", senti a beleza profunda da luta. Mas é que tenho um modo simplório de me aproximar do fato social: eu queria era "fazer" alguma coisa, como se escrever não fosse fazer. O que não consigo é usar escrever para isso, por mais que a incapacidade me doa e me humilhe. O problema de justiça é em mim um sentimento tão óbvio e tão básico que não consigo me surpreender com ele – e, sem me surpreender, não consigo escrever. E também porque para mim escrever é procurar. O sentimento de justiça nunca foi procura em mim, nunca chegou a ser descoberta, e o que me espanta é que ele não seja igualmente óbvio em todos. Tenho consciência de estar simplificando primariamente o problema. Mas, por tolerância hoje para comigo, não estou me envergonhando totalmente de não contribuir para nada humano e social por meio do escrever. É que não se trata de querer, é questão de não poder. Do que me envergonho, sim, é de não "fazer", de não contribuir com ações. (Se bem que a luta pela justiça leva à política, e eu ignorantemente me perderia nos meandros dela.) Disso me envergonharei sempre. E nem sequer pretendo me penitenciar. Não quero, por meios indiretos e escusos, conseguir de mim a minha absolvição. Disso quero continuar envergonhada. Mas, de escrever o que escrevo, não me envergonho: sinto que, se eu me envergonhasse, estaria pecando por orgulho.

QUEM ELA ERA

– (Eu te amo)
  – (É isso então o que sou?)
  – (Você é o amor que eu tenho por você)
  – (Sinto que vou me reconhecer... estou quase me vendo. Falta tão pouco)
  – (Eu te amo)
  – (Ah, agora sim. Estou me vendo. Esta sou eu, então. Que retrato de corpo inteiro)

HORA DO MARINHEIRO PARTIR

– Você compreende, não é, mamãe, que eu não posso gostar de você a vida inteira.

PRIMAVERA NÃO SENTIMENTAL

Sei que comi a pera e desperdicei fora a metade – nunca tenho piedade na primavera. Bebemos depois água na fonte, e não enxuguei a boca. Andávamos calados, insolentes. Quanto à piscina, sei que fiquei horas na piscina. Olha a piscina – era assim que eu via a piscina, demonstrando-a com olhos tranquilos. Tranquila, sem nenhuma piedade.

BANDEIRA AO VENTO

– Fiz hoje na escola uma composição do Dia da Bandeira tão bonita, mas tão bonita... pois até usei palavras que eu não sei bem o que querem dizer.

ABSTRATO E FIGURATIVO

Tanto em pintura como em música e literatura, tantas vezes o que chamam de abstrato me parece apenas o figurativo de uma realidade mais delicada e mais difícil, menos visível a olho nu.

A NOSSA NATUREZA, MEU BEM

– É tão engraçado, mamãe, descobri que a natureza não é suja. Quer ver esta árvore? Está toda cheia de cascas e pedaços, e não é suja. Mas esse carro, só porque tem poeira, está sujo mesmo.

UM DEGRAU ACIMA

Até hoje não sabia que se pode não escrever. Gradualmente, gradualmente, até que de repente a descoberta muito tímida: quem sabe, também eu poderia não escrever. Como é infinitamente mais ambicioso. É quase inalcançável.

GLÓRIA A DEUS NAS ALTURAS E...

– Eu ia fazer barulho no quarto, um pouco de propósito para ver se papai acordava, mas ele estava dormindo com tanta boa vontade que fiquei sem coragem.

MAL-ESTAR DE UM ANJO

Ao sair do edifício, o inesperado me tomou. O que antes fora apenas chuva na vidraça, abafado de cortina e aconchego, era na rua a tempestade e a noite. Tudo isso se fizera enquanto eu descera pelo elevador? Dilúvio carioca, sem refúgio possível, Copacabana com água entrando pelas lojas rasas e fechadas, águas grossas de lama até o meio da perna, o pé tateando para encontrar calçadas invisíveis. Até movimento de maré já tinha, onde se juntasse o bastante de água começava a atuar a secreta influência da Lua: já havia fluxo e refluxo de maré. E o pior era o temor ancestral gravado na carne: estou sem abrigo, o mundo me expulsou para o próprio mundo, e eu que só caibo numa casa nunca mais terei casa na vida, esse vestido ensopado sou eu, os cabelos escorridos nunca secarão, e sei que não serei dos escolhidos para a Arca, pois já selecionaram o melhor casal de minha espécie.

Pelas esquinas os carros de motor paralisado, e nem sombra de táxi. E a alegria feroz de vários homens finalmente impossibilitados de voltar para casa. A alegria demoníaca dos homens livres ainda mais ameaçava quem só queria casa própria. Andei sem rumo ruas e ruas, mais me arrastava que andava, parar é que era o perigo. De minha desmedida desolação eu só conseguia que ela fosse disfarçada. Alguém, radiante sob uma marquise, disse: que coragem, hein, dona! Não era coragem, era exatamente o medo.

Porque tudo estava paralisado, eu que tenho medo do instante em que tudo pare tinha que andar.

E eis que nas águas vejo um táxi. Avançava cuidadosamente, quase centímetro por centímetro, tateando o chão com as rodas. Como é que eu me apoderaria daquele táxi? Aproximei-me. Não podia me dar ao luxo de pedir, lembrei-me de todas as vezes em que, por ter tido a doçura de pedir, não me deram. Contendo o desespero, o que sempre me dá uma aparência de força, disse ao chofer: "o senhor vai me levar para casa! é de noite! tenho filhos pequenos que devem estar assustados com minha demora, é de noite, ouviu?!" Para minha grande surpresa, vai o homem e simplesmente diz que sim. Ainda sem entender, entrei. O carro mal se movia nas ondas lamacentas, mas movia-se – e chegaria. Eu só pensava: eu não valho tanto. Daí a pouco já estava pensando: e eu que não sabia que valia tanto. E daí a pouco era a dona de casa de meu táxi, já tomara posse de direito do que gratuitamente me fora dado, e energicamente tomava medidas úteis: torcia cabelos e roupas, tirava os sapatos amolecidos, enxugava o rosto que mais parecia ter chorado. A verdade, sem pudor, é que eu tinha chorado. Muito pouco, e misturando motivos, mas chorado. Depois de arrumar minha casa, encostei-me bem confortável no que era meu, e de minha Arca assisti ao mundo acabar-se.

Uma senhora aproximou-se então do carro. Devagar como este avançava, ela pôde acompanhá-lo agarrada em aflição ao trinco da porta. E literalmente me implorava para compartilhar do táxi. Era tarde demais para mim, e seu itinerário me desviaria de meu caminho. Lembrei-me, porém, de meu desespero de havia cinco minutos, e resolvi que ela não teria o mesmo. Quando eu lhe disse que sim, seu tom de imploração imediatamente cessou, substituído por uma voz extremamente prática: "É, mas espere um pouco, vou até aquela transversal buscar na casa da costureira o embrulho do vestido que deixei lá para não molhar." "Estará ela se aproveitando de mim?", indaguei-me na velha dúvida se devo ou não deixar que se aproveitem de mim. Terminei cedendo. Ela demorou à vontade. E voltou com um enorme embrulho pousado nas mãos estendidas, como se até seu próprio corpo pudesse macular o vestido. Instalou-se totalmente, o que me deixou tímida na minha própria casa.

E começou o meu calvário de anjo – pois a mulher, com sua voz autoritária, já tinha começado a me chamar de anjo. Não poderia ser menos comovente o seu caso: aquela era a noite de uma *première* e, se não fosse eu, o vestido se estragaria na chuva ou ela se atrasaria e perderia a *première*. Eu já tivera as minhas *premières*, e nem as minhas me haviam comovido. "A senhora não sabe o milagre que me aconteceu", contou-me com firmeza. "Comecei a rezar na rua, a rezar para que Deus me mandasse um anjo que me salvasse, fiz promessa de não comer quase nada amanhã. E Deus me mandou a senhora." Constrangida, remexi-me no banco. Eu era um anjo destinado a proteger *premières*? a ironia divina me encabulava. Mas a senhora, com toda a força de sua fé prática, e tratava-se de mulher forte, continuava impositivamente a reconhecer o anjo em mim, o que só pouquíssimas pessoas até hoje reconheceram, e sempre com a maior discrição. Tentei sem jeito a leveza de um sarcasmo: "Não me supervalorize, sou apenas um meio de transporte." Enquanto que a ela nem sequer ocorreu compreender-me, eu a contragosto percebia que o argumento na verdade não me isentava: anjos também são meios de transporte. Intimidada, calei-me. Fico muito impressionada com quem grita comigo: a mulher não gritava, mas claramente mandava em mim. Impossibilitada de confrontá-la, refugiei-me num doce cinismo: aquela senhora, que tratava com tanto vigor do próprio êxtase, devia ser mulher habituada a comprar com dinheiro, e na certa terminaria por agradecer ao anjo com um cheque, também levando em conta que a chuva já devia ter lavado toda a minha distinção. Com um pouco mais de confortável cinismo, em silêncio, declarei-lhe que dinheiro seria um meio tão legítimo como qualquer outro de agradecer, já que a moeda dela era mesmo moeda. Ou então – diverti-me eu – bem poderia dar-me em agradecimento o vestido da *première*, pois o que ela realmente deveria agradecer não era ter um vestido seco, e sim ter sido atingida pela graça, isto é, por mim. Dentro de um cinismo cada vez melhor, pensei: "Cada um tem o anjo que merece, veja que anjo lhe coube: estou cobiçando por pura curiosidade um vestido que nem sequer vi. Agora quero ver como é que sua alma vai se arrumar com a ideia de um anjo interessado em roupas." Parece-me que, no meu orgulho, eu não queria ter sido escolhida para servir de anjo à tolice ardente de uma senhora.

A verdade é que ser anjo estava começando a me pesar. Conheço bem esse processo do mundo: chamam-me de bondosa, e pelo menos durante algum tempo fico atrapalhada para ser ruim. Comecei também a compreender como os anjos se chateiam: eles servem a tudo. Isso nunca me ocorrera. A menos que eu fosse um anjo muito embaixo na escala dos anjos. Quem sabe, até, eu era só aprendiz de anjo. A alegria satisfeitona daquela senhora começava a me deixar sombria: ela fizera uso exorbitante de mim. Fizera de minha natureza indecisa uma profissão definida, transformara minha espontaneidade em dever, acorrentava-me, a mim, que era anjo, o que a essa altura eu já não podia mais negar, mas anjo livre. Quem sabe, porém, eu só fora mandada ao mundo para aquele instante de utilidade. Era isso, pois, o que eu valia. No táxi, eu não era um anjo decaído: era um anjo que caía em si. Caí em mim e fechei a cara. Um pouco mais e teria dito àquela de quem eu era com tanta revolta o anjo da guarda: faça o obséquio de descer já e imediatamente deste táxi! Mas fiquei calada, aguentando o peso de minhas asas cada vez mais contritas pelo seu enorme embrulho. Ela, a minha protegida, continuava a falar bem de mim, ou melhor, de minha função. Emburrei. A senhora sentiu e calou-se um pouco desarvorada. Já na altura de Viveiros de Castro a hostilidade se declarara muda entre nós.

– Escute, disse-lhe eu de repente, pois minha espontaneidade é faca de dois gumes também para os outros, o táxi vai antes me deixar em casa e depois é que segue com a senhora.

– Mas, disse ela surpreendida e em começo de indignação, depois vou ter que dar uma volta enorme e vou me atrasar! é só um pequeno desvio para me deixar em casa!

– Pois é, respondi seca. Mas não posso entrar pelo desvio.

– Eu pago tudo! insultou-me ela com a mesma moeda com que teria se lembrado de me agradecer.

– Eu é que pago tudo, insultei-a.

Ao saltar do táxi, assim como quem não quer nada, tive o cuidado de esquecer no banco as minhas asas dobradas. Saltei com a profunda falta de educação que me tem salvo de abismos angelicais. Livre de asas, com a grande rabanada de uma cauda invisível e com a altivez que só tenho quando para de chover, atravessei como uma rainha os largos umbrais do Edifício Visconde de Pelotas.

UMA IMAGEM DE PRAZER

Conheço em mim uma imagem muito boa, e cada vez que eu quero eu a tenho, e cada vez que ela vem ela aparece toda. É a visão de uma floresta, e na floresta vejo a clareira verde, meio escura, rodeada de alturas, e no meio desse bom escuro estão muitas borboletas, um leão amarelo sentado, e eu sentada no chão tricotando. As horas passam como muitos anos, e os anos se passam realmente, as borboletas cheias de grandes asas e o leão amarelo com manchas – mas as manchas são apenas para que se veja que ele é amarelo, pelas manchas se vê como ele seria se não fosse amarelo. O bom dessa imagem é a penumbra, que não exige mais do que a capacidade de meus olhos e não ultrapassa minha visão. E ali estou eu, com borboleta, com leão. Minha clareira tem uns minérios, que são as cores. Só existe uma ameaça: é saber com apreensão que fora dali estou perdida, porque nem sequer será floresta (a floresta eu conheço de antemão, por amor), será um campo vazio (e este eu conheço de antemão através do medo) – tão vazio que tanto me fará ir para um lado como para outro, um descampado tão sem tampa e sem cor de chão que nele eu nem sequer encontraria um bicho para mim. Ponho a apreensão de lado, suspiro para me refazer e fico toda gostando de minha intimidade com o leão e as borboletas; nenhum de nós pensa, a gente só gosta. Também eu não sou em preto e branco; sem que eu me veja, sei que para eles eu sou colorida, embora sem ultrapassar a capacidade de visão deles (nós não somos inquietantes). Sou com manchas azuis e verdes só para estas mostrarem que não sou azul nem verde – olha só o que eu não sou. A penumbra é de um verde-escuro e úmido, eu sei que já disse isso mas repito por gosto de felicidade; quero a mesma coisa de novo e de novo. De modo que, como eu ia sentindo e dizendo, lá estamos. E estamos muito bem. Para falar a verdade, nunca estive tão bem. Por quê? Não quero saber por quê. Cada um de nós está no seu lugar, eu me submeto bem ao meu lugar. Vou até repetir um pouco mais porque está ficando cada vez melhor: o leão amarelo e as borboletas caladas, eu sentada no

chão tricotando, e nós assim cheios de gosto pela clareira
verde. Nós somos contentes.

SILENT NIGHT, HOLY NIGHT

Em Natal, Rio Grande do Norte, acordei no meio da noite,
tranquila como se estivesse despertando de uma tranquila
insônia. E ouvi aquela música de ar que uma vez antes já tinha ouvido. É extremamente doce e sem melodia, mas feita
de sons que poderiam se organizar em melodia. É flutuante,
ininterrupta. Os sons como quinze mil estrelas. Tive a certeza de que estava captando a mais primária vibração do ar,
como se o silêncio falasse. O silêncio falava. Era de um agudo suave, constante, sem arestas, todo atravessado por sons
horizontais e oblíquos. Milhares de ressonâncias que tinham a mesma altura e a mesma intensidade, a mesma ausência de pressa, noite feliz. Parecia um longo véu de som,
com variação apenas de sombra e luz, às vezes de espessura
(quando, ao esvoaçar, um pedaço do véu dobrava-se sobre o
mesmo véu). É de uma beleza incrível, impossível de ser
descrita, pois não existe palavra que seja silêncio. Não se
sente presença de autor, anjos em grupos incontáveis, impessoais como anjos, anônimos como anjos. Quando o silêncio se manifesta, ele não diz: manifesta-se em silêncio
mesmo. Como se: "o que é o número 1357217?" Então este
número dá um passo para a frente e se manifesta todo de-
sabrochado em 1357217. Ele pode exatamente o máximo:
evidenciar-se. Pois o quarto do hotel estava cheio do canto
coral do silêncio que se evidenciava. E eu abençoada desse
jeito. Mas não quero nunca mais.

RECONSTITUIÇÃO DE UMA DAMA

Nascida no Castelo de la Possonnière, no vale do Loire. As pregas na cintura alta, os longos cabelos pouco lavados. Fiava linho. Os bosques do castelo. A lua verde como uma emboscada. Os rouxinóis e o poço. A voz cantando fina. O grande território dividia-se em regiões militares; avermelhados pelo vento os servos escovavam os cavalos. As grandes chaves de ferro. O vento soprava, e na sombra o leito branco. Os cães no pátio: quinze ladravam. O ferreiro e as forjas, fole e bigorna, as forjas martelando. Aproximava-se o galopar com poeira, apeavam. Em torno do poço, ao vento, em guirlanda, as margaridas. Cobre, prata. O tio bispo. A taça de ouro. A visita do diretor espiritual; as mãos cruzadas no regaço. Sua época foi sua vida. Extinta no ano de 1513, sepulta na capela do bosque; cem anos depois os ossos foram transladados, e depois de novo transladados. Até que dela ficou o castelo em que viveu e a bela região do Loire. E no museu *obra de anônimo séc. XVI*, vaso que um dia pintara, dado ao estudo da arte decorativa de seu tempo.

ALDEIA ITALIANA

Os homens têm lábios vermelhos e se reproduzem. As mulheres se deformam amamentando. Quanto aos velhos, os velhos não são excitados. O trabalho é duro. A noite, silenciosa. Não há cinemas. Na porta de casa a beleza das moças é a de ficar de pé no escuro. A vida é triste e ampla como deve ser uma vida na montanha.

CONVERSA COM FILHO

– Sabe, eu tinha vontade, mamãe, de experimentar às vezes ficar doido.

– Mas pra quê? (Eu sei, eu sei o que você vai dizer, sei porque em mim o meu bisavô deve ter dito o mesmo, eu sei que é através de quinze gerações que uma só pessoa se forma, e que essa pessoa futura me usou para me atravessar como a uma ponte e está usando meu filho e usará o filho de meu filho, assim como um pássaro pousado numa seta que vagarosamente avança.)

– Pra me libertar, assim eu ficava livre...

(Mas haverá a liberdade sem a prévia permissão da loucura. Nós ainda não podemos: somos apenas os gradativos passos dela, dessa pessoa que vem.)

VERÃO NA SALA

Com o leque ela pensa alguma coisa. Ela pensa o leque e com o leque se abana. E com o leque fecha de súbito o pensamento num estalido, vazia, sorridente, rígida, ausente. O leque distraído e aberto no peito. "A vida é mesmo engraçada", concorda ela como visita que é recebida na sala de visitas. Mas num alvoroço controlado, eis que se abana de súbito com mil asas de pardal.

UM HOMEM DISCRETO

Deus lhe deu inúmeros pequenos dons que ele não usou nem desenvolveu por receio de ser um homem terminado e sem pudor.

ESTILO

– Que é isso?

– É um requerimento.

– Você que escreveu? Deixa eu ler. "O abaixo-assinado vem requerer a V. S.ª....." Mamãe, puxa, você nunca escreveu tão grã-fino.

BRASÍLIA

Brasília é construída na linha do horizonte. Brasília é artificial. Tão artificial como devia ter sido o mundo quando foi criado. Quando o mundo foi criado, foi preciso criar um homem especialmente para aquele mundo. Nós somos todos deformados pela adaptação à liberdade de Deus. Não sabemos como seríamos se tivéssemos sido criados em primeiro lugar e depois o mundo deformado às nossas necessidades. Brasília ainda não tem o homem de Brasília. Se eu dissesse que Brasília é bonita veriam imediatamente que gostei da cidade. Mas se digo que Brasília é a imagem de minha insônia veem nisso uma acusação. Mas a minha insônia não é bonita nem feia, minha insônia sou eu, é vivida, é o meu espanto. É ponto e vírgula. Os dois arquitetos não pensaram em construir beleza, seria fácil: eles ergueram o espanto inexplicado. A criação não é uma compreensão, é um novo mistério. – Quando morri, um dia abri os olhos e era Brasília. Eu estava sozinha no mundo. Havia um táxi parado. Sem chofer. Ai que medo. – Lúcio Costa e Oscar Niemeyer, dois homens solitários. – Olho Brasília como olho Roma: Brasília começou com uma simplificação final de ruínas. A hera ainda não cresceu.

Além do vento há uma outra coisa que sopra. Só se reconhece pela crispação sobrenatural do lago. – Em qualquer lugar onde se está de pé, criança pode cair, e para fora do mundo. Brasília fica à beira. – Se eu morasse aqui deixaria meus cabelos crescerem até o chão. – Brasília é de um passado esplendoroso que já não existe mais. Há milênios desapareceu esse tipo de civilização. No século IV a.C. era habitada por homens e mulheres louros e altíssimos que não eram americanos nem suecos e que faiscavam ao sol. Eram todos cegos. É por isso que em Brasília não há onde esbarrar. Os brasiliários vestiam-se de ouro branco. A raça se extinguiu porque nasciam poucos filhos. Quanto mais belos os brasiliários, mais cegos e mais puros e mais faiscantes, e menos filhos. Os brasiliários viviam cerca de trezentos anos. Não havia em nome de que morrer. Milênios depois foi descoberta por um bando de foragidos que em nenhum outro lugar seriam recebidos: eles nada tinham a perder. Ali acenderam fogo, armaram tendas, pouco a pouco escavando as areias que soterravam a cidade. Esses eram homens e mulheres, menores e morenos, de olhos esquivos e inquietos, e que, por serem fugitivos e desesperados, tinham em nome de que viver e morrer. Eles habitaram as casas em ruínas, multiplicaram-se, constituindo uma raça humana muito contemplativa. – Esperei pela noite como quem espera pelas sombras para poder se esgueirar. Quando a noite veio percebi com horror que era inútil: onde eu estivesse eu seria vista. O que me apavora é: vista por quem? – Foi construída sem lugar para ratos. Toda uma parte nossa, a pior, exatamente a que tem horror de ratos, essa parte não tem lugar em Brasília. Eles quiseram negar que a gente não presta. Construção com espaço calculado para as nuvens. O inferno me entende melhor. Mas os ratos, todos muito grandes, estão invadindo. Essa é uma manchete invisível nos jornais. – Aqui eu tenho medo. – A construção de Brasília: a de um Estado totalitário. – Este grande silêncio visual que eu amo. Também a minha insônia teria criado esta paz do nunca. Também eu, como eles dois que são monges, meditaria nesse deserto. Onde não há lugar para as tentações. Mas vejo ao longe urubus sobrevoando. O que estará morrendo, meu Deus? – Não chorei nenhuma vez em Brasília. Não tinha lugar. – É uma praia sem mar. – Em Brasília não há por onde entrar, nem há por onde sair. – Mamãe, está bonito ver você em pé com esse capote branco voando. (É que morri, meu filho.) – Uma prisão ao ar livre. De qualquer modo não haveria para onde fugir. Pois quem foge iria provavelmente para Brasília. – Prenderam-me na liberdade. Mas liberdade é só o que se conquista. Quando me dão, estão me mandando ser livre. – Todo um lado de frieza humana que eu tenho, encontro em mim aqui em Brasília, e floresce gélido, potente, força gelada da Natureza. Aqui é o lugar onde os meus crimes (não os piores, mas os que não entenderei em mim), onde os meus crimes gélidos têm espaço. Vou embora. Aqui meus crimes não seriam de amor. Vou embora para os meus outros crimes, os que Deus e eu compreendemos. Mas sei que voltarei. Sou atraída aqui pelo que me assusta em mim. – Nunca vi nada igual no mundo. Mas reconheço esta cidade no mais fundo de meu sonho. O mais fundo de meu sonho é uma lucidez. – Pois como eu ia dizendo, Flash Gordon... – Se tirassem meu retrato em pé em Brasília, quando revelassem a fotografia só sairia a paisagem. – Cadê as girafas de Brasília? – Certa crispação minha, certos silêncios, fazem meu filho dizer: puxa vida, os adultos são de morte. – É urgente. Se não for povoada, ou melhor, superpovoada, será tarde demais: não haverá lugar para pessoas. Elas se sentirão tacitamente expulsas. – A alma aqui não faz sombra no chão. – Nos primeiros dois dias fiquei sem fome. Tudo me parecia que ia ser comida de avião. – De noite estendi meu rosto para o silêncio. Sei que há uma hora incógnita em que o maná desce e umedece as terras de Brasília. – Por mais perto que se esteja, tudo aqui é visto de longe. Não encontrei um modo de tocar. Mas pelo menos essa vantagem a meu favor: antes de chegar aqui, eu já sabia como tocar de longe. Nunca me desesperei demais: de longe, eu tocava. Tive muito, e nem aquilo que eu toquei, sabe. Mulher rica é assim. É Brasília pura. – A cidade de Brasília fica fora da cidade. *Boys, boys, come here, will you, look who is coming on the street all dressed up in modernistic style. It ain't nobody but... (Aunt Hagar's Blues, Ted Lewis and his Band, com Jimmy Dorsey na clarineta.)* – Essa beleza assustadora, esta cidade, traçada no ar. – Por enquanto não pode nascer samba em Brasília. – Brasília não me deixa ficar cansada. Persegue um pouco. Bem-disposta, bem-disposta, bem-disposta, sinto-me bem. E afinal sempre cultivei meu cansaço, como a minha mais rica passividade. – Tudo isso é hoje apenas. Só Deus sabe o que acontecerá em Brasília. É que aqui o acaso é abrupto. – Brasília é mal-assombrada. É o perfil imóvel de uma coisa. – De minha insônia olho pela janela do hotel às três horas da madrugada. Brasília é a paisagem da insônia. Nunca adormece. – Aqui o ser orgânico não se deteriora. Petrifica-se. – Eu queria ver espalhadas por Brasília quinhentas mil águias do mais negro ônix. – Brasília é assexuada. – O Primeiro instante de ver é como certo instante da embriaguez: os pés não tocam na terra. – Como a gente respira fundo em Brasília. Quem respira começa a querer. E querer é que não pode. Não tem. Será que vai ter? É que não estou vendo onde. – Não me espantaria cruzar com árabes na rua. Árabes antigos e mortos. – Aqui morre minha paixão. E ganho uma lucidez que me deixa grandiosa à toa. Sou fabulosa e inútil, sou de ouro puro. E quase mediúnica. – Se há algum crime que a humanidade ainda não cometeu, esse crime novo será aqui inaugurado. E tão pouco secreto, tão bem adequado ao planalto, que ninguém jamais saberá. – Aqui é o lugar onde o espaço mais se parece com o tempo. – Tenho certeza de que aqui é o meu lugar certo. Mas é que a terra me viciou demais. Tenho maus hábitos de vida. – A erosão vai desnudar Brasília até o osso. – O ar religioso que senti desde o primeiro instante, e que neguei. Esta cidade foi conseguida pela prece. Dois homens beatificados pela solidão me criaram aqui de pé, inquieta, sozinha, a esse vento. – Fazem tanta falta cavalos brancos soltos em Brasília. De noite eles seriam verdes ao luar. – Eu sei o que os dois quiseram: a lentidão e o silêncio, que também é a ideia que faço da eternidade. Os dois criaram o retrato de uma cidade eterna. – Há alguma coisa aqui que me dá medo. Quando eu descobrir o que me assusta, saberei também o que amo aqui. O medo sempre me guiou para o que eu quero. E porque eu quero, temo. Muitas vezes foi o medo que me tomou pela mão e me levou. O medo me leva ao perigo. E tudo o que eu amo é arriscado. – Em Brasília estão as crateras da Lua. – A beleza de Brasília são as suas estátuas invisíveis.

Estive em Brasília em 1962. Escrevi sobre ela o que foi agora mesmo lido. E agora voltei doze anos depois por dois dias. E escrevi também. Aí vai tudo o que eu vomitei.

Atenção: vou começar.

Esta peça é acompanhada pela valsa "Sangue Vienense", de Strauss. São 11:20 da manhã do dia 13.

BRASÍLIA: ESPLENDOR

Brasília é uma cidade abstrata. E não há como concretizá-la. É uma cidade redonda e sem esquinas. Também não tem botequim para a gente tomar um cafezinho. É verdade, juro que não vi esquinas. Em Brasília não existe cotidiano. A catedral pede a Deus. São duas mãos abertas para receber. Mas Niemeyer é um irônico: ele ironizou a vida. Ela é sagrada. Brasília não admite diminutivo. Brasília é uma piada estritamente perfeita e sem erros. E a mim só me salva o erro.

A igreja de São Bosco tem vitrais tão esplêndidos que me quedei muda sentada no banco, não acreditando que fosse verdade. Aliás a época que estamos atravessando é fantástica, é azul e amarela, e escarlate e esmeralda. Meu Deus, mas que riqueza. Os vitrais têm luz de música de órgão. Essa igreja tão assim iluminada é no entanto acolhedora. O único defeito é o inusitado lustre redondo que parece coisa de novo-rico. A igreja ficaria pura sem o lustre. Mas que é que se há de fazer? Ir de noite, bem no escuro, roubá-lo?

Depois fui à Biblioteca Nacional. Atendeu-me uma jovem russa que se chama Kira. Vi rapazes e moças estudando e namorando: coisa totalmente compatível. E louvável, é claro.

Paro um instante para dizer que Brasília é uma quadra de tênis.

Faz lá um friozinho revigorante. Que fome, mas que fome. Perguntei se havia muito crime na cidade. Disseram-me que no satélite de Grama (é mesmo este o nome?) há uns três homicídios por semana. (Interrompi os crimes para comer.) A luz de Brasília me deixou cega. Esqueci os óculos escuros no hotel e fui invadida por uma terrível luz branca. Mas Brasília é vermelha. E é completamente nua. Não há jeito da gente não ser exposta nessa cidade. Embora haja ar sem poluição: respira-se bem, um pouco bem demais, o nariz seco.

Brasília nua me deixa beatificada. E doida. Em Brasília tenho que pensar entre parênteses. Me prendem por viver? É isso mesmo.

Eu não passo de frases ouvidas por acaso. Na rua, ao atravessar o trânsito, ouvi assim: "Foi por necessidade." E no cinema Roxy, no Rio de Janeiro, ouvi duas mulheres gordas dizerem: "De manhã ela dormia e de noite acordava." "Ela não tem resistência física." Em Brasília tenho resistência física, enquanto que no Rio sou meio mole, meio doce. E ouvi a frase seguinte das mesmas mulheres gordas que eram baixas: "Que é que ela tem que fazer lá?" E foi assim, minha gente, que fui expulsa.

Brasília tem euforia no ar. Eu disse para o chofer do táxi amarelo: hoje parece segunda-feira, não é? "É", respondeu ele. E nada mais foi dito. Eu queria tanto dizer a ele que estive na adoradíssima Brasília. Mas ele não quis saber. Às vezes sobro.

Então fui ao dentista, ouviu, Brasília? eu me cuido. Devo ler revista odontológica só porque estou na sala de espera do dentista? Depois que sentei na magnífica cadeira de morte do dentista, cadeira elétrica, e vi uma máquina me olhando, chamada "Atlante 200". Olhou foi à toa, porque eu não tinha cárie. Brasília não tem cárie. É terra forte, essa. E não é de brincadeira. Joga alto e é para ganhar. Eu e Merquior demos grandes gargalhadas que ainda me ressoam no Rio. Fui irremediavelmente impregnada por Brasília.

Prefiro o entrelaçamento carioca. Fui delicadamente acarinhada em Brasília mas morri de medo de ler a minha palestra. (Noto aqui um acontecimento que me espanta: estou escrevendo no passado, no presente e no futuro. Estarei sendo levitada? Brasília sofre de levitação.) Eu me meto em cada uma, que vou te contar. Mas é bom porque é arriscado. Acreditem ou não: enquanto eu lia as palavras, eu por dentro rezava. Mas, de novo, é bom por ser arriscado. Agora me pergunto: se não há esquinas, onde ficam as prostitutas de pé fumando? ficam sentadas no chão? E os mendigos? têm carro? pois só se pode andar de carro lá.

A luz de Brasília leva às vezes ao êxtase e à plenitude total. Mas também é agressiva e dura – ah, como eu gostaria da sombra de uma árvore. Brasília tem árvores. Mas ainda não convencem. Parecem de plástico.

Vou agora escrever uma coisa da maior importância: Brasília é o fracasso do mais espetacular sucesso do mundo. Brasília é uma estrela espatifada. Estou abismada. É linda e é nua. O despudoramento que se tem na solidão. Ao mesmo tempo fiquei com vergonha de tirar a roupa para tomar banho. Como se um gigantesco olho verde me olhasse implacável. Aliás Brasília é implacável. Senti-me como se alguém me apontasse com o dedo: como se pudessem me prender ou tirar meus documentos, a minha identidade, a minha veracidade, o meu último hálito íntimo. Ai se o Radiopatrulha me pega e me sova! aí eu lhes digo a pior palavra da língua portuguesa: sovaco. E eles caem mortos. Mas para ti, meu amor, sou mais delicada e digo baixinho: axilas...

Brasília tem cheiro de pasta de dentes. E quem não é casado, ama sem paixão. Simplesmente transa sexo. Mas quero voltar, quero tentar decifrar o seu enigma. Quero sobretudo conversar com os universitários. Quero que eles me convidem para participar dessa aridez luminosa e cheia de estrelas. Será que alguém morre em Brasília? Não. Nunca. Nunca ninguém morre porque lá não se pode fechar os olhos. Lá há hibernação: o ar deixa uma pessoa entorpecida durante anos, uma pessoa que depois vive de novo. O clima é desafiador e chicoteia um pouco a gente. Mas falta magia em Brasília, falta macumba. Não quero que Brasília me rogue praga: pois pega. Rezo. Rezo muito. Ai que Deus bom. Tudo lá é às claras e quem quiser que se vire. Embora os ratos adorem a cidade. Qual será a comida deles? ah, já sei: eles comem carne humana. Escapei como pude. E parecia teleguiada.

Dei inúmeras entrevistas. Modificaram o que eu disse. Não dou mais entrevistas. E se o negócio é mesmo na base da invasão de minha intimidade, então que seja paga. Disseram-me que nos Estados Unidos é assim. E tem mais: eu sozinha, é um preço, mas se entra o meu precioso cachorro, cobro mais. Se me distorcerem, cobro multa. Desculpem, não quero humilhar ninguém mas não quero ser humilhada. Eu disse lá que iria possivelmente à Colômbia e escreveram que eu ia à Bolívia. Trocaram o país à toa. Mas não tem perigo: de minha vida mesma eu só concedo dizer que tenho dois filhos. Não sou importante, sou uma pessoa comum que quer um pouco de anonimato. Detesto dar entrevistas. Ora essa, sou uma mulher simples e um pouquinho sofisticada. Misto de camponesa e de estrela no céu.

Adoro Brasília. É contraditório? Mas o que é que não é contraditório? Só se anda de carro pelas ruas despovoadas. Quando eu tinha carro e dirigia, vivia me perdendo. Nunca sabia onde vir e aonde chegar. Sou desorientada na vida, na arte, no tempo e no espaço. Que coisa, por Deus.

Lá as pessoas se jantam e se almoçam – é para ter gente que as povoe. Isto é bom e muito agradável. É a humanização lenta de uma cidade que por algum motivo oculto é penosa. Gostei muito, me acariciaram tanto em Brasília. Mas havia pessoas que queriam que eu fosse embora a jatíssimo. Eu lhes atrapalhava a rotina. Para essas pessoas eu era uma novidade incômoda. Viver é dramático. Mas não há escapatória: nasce-se.

Como será quem nasce em Brasília quando crescer e virar homem? Porque a cidade é habitada por forasteiros nostálgicos. Os exilados. Os que nascem lá serão o futuro. Futuro faiscante como aço. Se eu ainda estiver viva, aplaudirei o produto estranho e altamente novo que surgirá. Será proibido fumar? Será proibido tudo, meu Deus? Brasília parece uma inauguração. Todos os dias é inaugurada. Festejos, minha gente, festejos. Que se ergam as bandeiras.

Quem me quer em Brasília? Então quem me quiser que me chame. Não já, porque ainda estou atordoada. Mas daqui a algum tempo. A serviço. Brasília é a serviço. Quero falar com a camareira que me disse ao descobrir quem eu era: eu tinha tanta vontade de escrever! Eu disse: vá, mulher, e escreva. Respondeu: mas eu já sofri tanto. Eu disse severamente: pois vá e escreva sobre o que você sofreu.

Porque é preciso que alguém chore em Brasília. Os olhos dos habitantes são secos demais. Então – então eu estou me oferecendo para chorar. Eu e minha camareira, nós, as coleguinhas. Ela me disse: quando vi a senhora senti um arrepio no braço. Disse-me que era médium.

É. Estou arrepiada. E sinto calafrios. Que Deus me acuda. Estou muda quem nem uma lua.

Brasília é tempo integral. Tenho medo, pânico dela. É lugar ideal para se tomar sauna. Sauna? Sim. Porque lá não se sabe o que fazer de si. Olha para baixo, olha para cima, olha para o lado – e a resposta é um berro: nãããããããão! Brasília dá um fora na gente que mete medo. Por que me sinto tão culpada lá? que foi que fiz? e por que não ergueram bem no centro da cidade um grande Ovo branco? É que não tem centro. Mas o Ovo faz falta.

Que roupa se usa em Brasília? Metálica?

Brasília é o meu martírio. E não tem substantivo. É só adjetivo. E como dói. Ah, meu Deusinho, me dá um substantivinho, pelo amor de Deus! Ah, não quer dar? então faz de conta que eu nada falei. Sei perder.

Oh aeromoça, vê se me dá um sorriso menos número! Isso é lá sanduíche que se coma? todo desidratado? Mas faço como Sérgio Porto: me disseram que num avião a aeromoça lhe perguntou: o senhor aceita um cafezinho? E ele respondeu: aceito tudo a que tenho direito.

Em Brasília nunca é de noite. É sempre implacavelmente de dia. Castigo? Mas que foi que fiz de errado, meu Deus? Não quero saber, diz Ele, castigo é castigo.

Em Brasília não se tem praticamente onde cair morto. Mas tem uma coisa: Brasília é proteína pura. Eu disse ou não disse que Brasília é uma quadra de tênis? Pois Brasília é sangue numa quadra de tênis. E eu? onde estou? eu? pobre de mim, com o lençol manchado de escarlate. Me mato? Não. Vivo como bruta resposta. Estou aí para quem me quiser.

Mas Brasília é som oposto. E ninguém nega que Brasília é: goooooooool! Embora entorte um pouco o samba. Quem é? quem é que canta aleluia e eu ouço com alegria? Quem é que atravessa como espada afiadíssima a futura e sempre futura cidade de Brasília? Repito: proteína pura, que és. Me fertilizou. Ou sou eu mesma a cantar? Me ouço comovida. Há Brasília no ar. No ar infelizmente sem o apoio indispensável de esquina para se viver. Será que eu já disse que em Brasília não se vive? se mora. Brasília é osso seco de puro espanto no sol inclemente da praia. Ah cavalo branco mas que crina agreste. Ai, não posso mais esperar. Um aviãozinho, por favor. E o lívido luar que entra pelo quarto adentro e me assiste, eu, pálida, branca, sestrosa.

Estou sem esquina. Meu rádio de pilha não pega música. Que é que há? Assim também não. Me repito? E dói?

Pelo amor de Seus (até errei de susto a palavra Deus), pelo amor de Deus, por favor me desculpem os que moram em Brasília por eu estar dizendo o que forçadamente digo, eu, uma humilde escrava da verdade. Não quero ofender ninguém. É apenas uma questão de luz branca demais. Tenho olhos sensíveis, fico invadida pela claridade alva e tanta terra vermelha.

Brasília é um futuro que aconteceu no passado.

Eterna como uma pedra. A luz de Brasília – estou me repetindo? – a luz de Brasília fere o meu pudor feminino. É só isso, minha gente, é só isso.

Fora disso, viva Brasília! Eu ajudo a hastear a bandeira. E perdoo a bofetada que me dão no meu rosto pobre. Ai, coitadinha de mim. Tão sem mãe. É dever ter mãe. É coisa da natureza. Sou a favor de Brasília.

No ano 2000 vai ter festa lá. Se eu ainda estiver viva, quero participar da alegria. Brasília é uma alegria geral exagerada. Um pouco histérica, é verdade, mas não faz mal. Gargalhadas no corredor escuro. Eu gargalho, tu gargalhas, ele gargalha. Três.

Em Brasília não tem poste para cachorro fazer pipi. Falta tanto um pipi-dog. Mas Brasília é joia, meu senhor. Lá tudo funciona como deve. Brasília me encerra em ouro. Vou é ao cabeleireiro. Estou falando do Rio. Alô, Rio! Alô! Alô! estou realmente assustada. Que Deus me acuda.

Mas tem hora que vou lhe dizer, meu amigo, tem hora em que Brasília é um cabelo na sopa. Sou muito ocupada, Brasília, vá para o diabo e me deixe em paz. Brasília fica em lugar nenhum. A atmosfera é de indignação e você sabe por quê. Brasília: antes de nascer já nasceu, a prematura, a nascitura, o feto, eu enfim. Ai que safadeza.

Em Brasília não entra qualquer um, não. É preciso nobreza, muita sem-vergonhice e muita nobreza. Brasília não é. É apenas o retrato de si própria. Eu te amo, oh extrósima! oh palavra que inventei e que não sei o que quer dizer. Oh furúnculo! pus cristalizado mas de quem? Atenção: há esperma no ar.

Eu, a escriba. Eu, a infeliz definidora por destino. Brasília é o contrário de Bahia. Bahia é nádegas. Ah que saudade da embebida praça de Vendôme. Ah que saudade da praça Maciel Pinheiro em Recife. Tanta pobreza de alma. E tu a exigires de mim. Eu, que nada posso. Ah que saudade de meu cachorro. Tão íntimo que ele é. Mas um jornal tirou o retrato dele e ele ficou na boca da rua. Eu e ele. Nós, irmãozinhos de São Francisco de Assis. Calados fiquemos: é melhor para nós.

Ai que te pego, Brasília! E vais sofrer torturas terríveis nas minhas mãos! Você me incomoda, ó gélida Brasília, pérola entre os porcos. Oh apocalíptica.

E de repente a grande desgraça. O estrondo. Por quê? Ninguém sabe. Oh Deus, como é que eu não vi logo? pois não é que Brasília é a "A Saúde da Mulher"? Brasília diz que quer mas não quer: negaceia. Brasília é um dente quebrado bem na frente. E é cúpula também. Tem um motivo principal. Qual é? segredo, muito segredo, sussurros, cochichos e chichos. Diz que diz que não acaba mais.

Saudável, saudável. Aqui sou professora de Educação Física. Dou trambolhões. É isto mesmo: faço o inferno. Brasília é o inferno paradisíaco. É uma máquina de escrever: toc-toc-toc. Quero dormir! me deixem em paz!!! Estou can-sa-da. De ser in-com-pre-en-sí-vel. Mas não quero que me compreendam senão perco a minha intimidade sagrada. É muito grave o que estou falando, muito grave mesmo. Brasília é o fantasma de um velho cego com cajado fazendo toc-toc-toc. E sem cachorro, coitado. E eu? como posso ajudar? Brasília se ajuda. É um violino fino, fino, fino. Falta violoncelo. Mas que estrondo. Não se precisava disso, não. Eu afiaço. Embora Brasília não tenha fiador.

Quero voltar a Brasília para o apartamento 700. Assim ponho o pingo no "i". Mas Brasília não flui. Ela é ao contrário. Assim: iulf (flui).

Ela é doida porém funciona. Como detesto a palavra "porém". Só uso porque é preciso.

Quando anoitece Brasília se torna Zebedeu. Brasília é farmácia noite-e-dia.

A moça me revistou toda no aeroporto. Eu perguntei: tenho cara de subversiva? Ela disse rindo: até que tem. Nunca me apalparam tanto, Virgem Maria, até que é pecado. Foi um tal de passar a mão em mim que nem sei como aguentei.

Brasília é magra. É toda elegante. Usa peruca e cílios postiços. É pergaminho dentro de Pirâmide. Não envelhece. É coca-cola, meu Deus, e vai me sobreviver. Que pena. Para a coca-cola, é claro. Socorro! Socorro! *help me!* Sabe qual é a resposta de Brasília ao meu pedido de socorro? É oficial: aceita um cafezinho? E eu? fico sem socorro? Me trate bem, ouviu? assim... assim... bem devagarzinho. Isso. Isso. Que alívio. Felicidade, meu bem, é alívio. Brasília é um pontapé no traseiro. É lugar para português enriquecer. E eu que jogo no bicho e não ganho?

Mas que nariz bonito Brasília tem. É delicado.

Você sabia que Brasília é etc.? Pois fique sabendo. Brasília é XPTR... quantas consoantes você quiser mas nenhuma vogal para se descansar. E Brasília, ó meu senhor, me desculpe, mas Brasília ficou por isso mesmo.

Olhe, Brasília, não sou dessas que andam por aí, não. Mais respeito, faça o favor. Sou uma viajante espacial. Muito respeito eu exijo. Muito Shakespeare. Ah que eu não quero morrer! Ai, que suspiro. Mas Brasília é a espera. E eu não aguento esperar. Fantasma azul. Ah, como incomoda. É como tentar lembrar-se e não conseguir. Quero esquecer Brasília mas ela não deixa. Que ferida seca. Ouro. Brasília é ouro. Joia. Faiscante. Tem coisa sobre Brasília que eu sei mas não posso dizer, não deixam. Adivinhem.

E que Deus me acuda.

Vai, mulher, vai e cumpre o teu destino, mulher. Ser a mulher que sou é dever. Estou neste instante-já hasteando as bandeiras – mas que minuano! – e eu dizendo viva!

Ai que cansaço.

Em Brasília é sempre domingo. Mas agora vou falar bem baixinho. Assim: meu amor. Meu grande amor. Tenho dito? Você é que responde. Vou terminar com a palavra mais bonita do mundo. Assim bem devagarzinho: amor mas que saudade. A-m-o-r. Beijo-te. Assim como flor. Boca a boca. Mas que ousadia. E agora – agora paz. Paz e vida. Es--tou vi-va. Talvez eu não mereça tanto. Estou com medo. Mas não quero terminar com medo. Êxtase. *Yes, my love.* Entrego-me. Sim. *Pour toujours.* Tudo – mas tudo é absolutamente natural. *Yes.* Eu. Mas sobretudo você que é culpada, Brasília. No entanto eu te desculpo. Não tens culpa de ser tão bela e patética e pungente e doida. Sim, está soprando um vento de Justiça. Então eu digo à Grande Lei Natural: sim. Ó espelho partido: quem é mais bonita que eu? Ninguém, responde o espelho mágico. Sim, bem sei, somos nós duas. Sim! sim! sim! Eu disse sim.

Peço humildemente socorro. Estão me roubando. Todo o mundo é eu? Espanto geral. Isso não é ventania não, senhor, é ciclone. Estou no Rio. Desci afinal do disco voador. E lá me vem uma amiga a me dizer – olá Carmem Miranda! – a me dizer que existe uma música chamada "Boneca de Piche" que diz assim mais ou menos: venho apertado com meus calos quentes, quase afogado no meu colarinho, pra ver meu benzinho.

Aterrissei. Estou com voz fraca mas digo o que Brasília quer que eu diga: bravo! bravíssimo! E chega. Vou agora viver no Rio com o meu cachorro. Peço o favor de fazerem silêncio. Assim: si-lên-cio. Estou tão triste.

Brasília é um olho azul cintilanterríssimo que me arde no coração.

Brasília é Malta. Onde fica Malta? Fica no dia do supernunca. Alô! alô! Malta! Hoje é domingo em Nova Iorque. Em Brasília, a fúlgida, já é terça-feira. Brasília simplesmente pula segunda-feira. Segunda é dia de se ir ao dentista, que é que se há de fazer, o que é chato também tem que ser feito, ai de mim. Em Brasília aposto que ainda se dança, que coisa. São seis e vinte da tarde, já quase noite. Às 6:20 não acontece nada. Alô! Alô! Brasília quero resposta, tenho pressa, acabo de assumir a minha morte. Estou triste. O passo é grande demais para as minhas pernas no entanto compridas. Me ajudem a morrer em paz. Como eu disse ou como não disse, quero uma mão amada que aperte a minha na hora de eu ir. Vou sob protesto. Eu. A fantasmagórica. Meu nome não existe. O que existe é um retrato falsificado de um retrato de outro retrato meu. Mas a própria já morreu. Morri no dia 9 de junho. Domingo. Depois de ter almoçado na preciosa companhia dos que amo. Comi frango assado. Estou feliz. Mas falta a verdadeira morte. Estou com pressa de ver Deus. Rezem por mim. Morri com elegância.

Tenho alma virgem e portanto preciso de proteção. Quem me ajuda? O paroxismo de Chopin. Só você pode me ajudar. No fundo sou sozinha. Há verdades que nem a Deus eu contei. E nem a mim mesma. Sou um segredo fechado a sete chaves. Por favor me poupem. Estou tão só. Eu e meus rituais. O telefone não toca. Dói. Mas é Deus que me poupa. Amém.

Vocês sabem que eu sei falar língua de cachorro e de planta também? Amém. Mas minha palavra não é a última. Existe uma que não posso pronunciar. E minha história é galante. Sou uma carta anônima. Não assino o que escrevo. Os outro que assinem. Não sou credenciada. Eu? Mas logo eu? Nunca! Preciso de um pai. Quem se candidata? Não, não preciso de pai, preciso do meu igual. Espero a morte. Mas que vento, meu senhor. Vento é coisa que não se pode ver. Pergunto a Nosso Senhor Deus Jeovah sobre sua cólera em forma de vento. Só Ele pode explicar. Ou não pode? Se Ele não pode, estou perdida. Ai que te amo e amo tanto que te morro.

Lembram que falei na quadra de tênis com sangue? Pois o sangue era meu, o escarlate, os coágulos eram meus. Brasília é corrida de cavalos. Eu não sou cavalo não. Que Brasília se dane e corra sozinha sem mim. Brasília é hiperbólica. Estou suspensa até à última ordem. Eu vivo de teimosa que sou. Aterrissei mesmo. *There is no place like home.* Como é bom voltar. Ir é bom mas voltar é mais melhor. Isso mesmo: mais melhor. O que é supletivo em Brasília? Não sei não, meu senhor. Só sei que tudo é nada e que nada é tudo. Meu cachorro dorme. Eu sou o meu cachorro. Eu me chamo Ulisses. Estamos ambos cansados. Tão, tão cansados. Ai de mim, ai de nós. Silêncio. Durma você também. Ah cidade espantada. Ela se espanta com ela mesma. Estou rançosa. Vou é reclamar como Chopin reclamou sobre a invasão da Polônia. Afinal tenho direitos. Eu sou eu, é assim que os outros dizem. E se dizem, por que não acreditar? Adeus. Estou enfastiada. Vou reclamar. Vou reclamar para Deus. E se Ele puder, que me atenda. Sou uma necessitada. Saí de Brasília com uma bengala. Hoje é domingo. Até Deus descansou. Deus é uma coisa engraçada: Ele se pode a si mesmo e se precisa a si próprio.

Vim para casa, é verdade, mas não é que minha cozinheira faz literatura? Eu lhe perguntei cadê a coca-cola na geladeira. Ela me respondeu, nega bonita que é: ela estava tão cansadinha, então eu botei ela para descansar, coitadinha. Uma vez, há séculos, contei a Paulo Mendes Campos uma frase que minha empregada de então tinha me dito. E ele escreveu qualquer coisa assim: cada um tem a empregada que merece: Minha empregada tem uma voz linda e canta para mim quando eu peço: "Ninguém me ama." Ela desenha, faz literatura. Tão humilde que fico. Pois não mereço tanto.

Eu não sou nada. Sou um domingo frustrado. Ou estou sendo ingrata? Muito me foi dado, muito me foi tirado. Quem ganha? Não sou eu não. É alguém hiperbólico.

Brasília, seja bicho um pouco também. É tão bom. Tão bom mesmo. Não ter pipi-dog é uma ofensa a meu cachorro que nunca irá a Brasília por motivos óbvios. São quinze para as seis. Hora nenhuma. Até Kissinger está dormindo. Ou está num avião? Não há como adivinhar. Feliz aniversário, Kissinger. Feliz aniversário, Brasília. Brasília é um suicídio em massa. Brasília, você está se coçando? eu não, não caio nessa porque quem começa não para de se. Você sabe o resto.

O resto é paroxismo.

Ninguém sabe, mas meu cachorro não só fuma como bebe café e come flor. E bebe cerveja. Toma também remédio contra depressão. Parece um mulatinho. O que ele quer é cadela. Ele é de classe média. Eu não deixei o jornal saber tudo. Mas agora é a hora da verdade. Também você tenha a coragem de ler. É um cachorro que só lhe falta escrever. Come caneta e estraçalha papel. Melhor que eu. Ele é filho animal. Nasceu de instantâneo contato da Lua com uma égua. Égua do sol. Ele é uma coisa que Brasília não é. Ele é: bicho. Eu sou bicho. Tenho tanta vontade de me repetir, só para chatear. Meu Deus, voltei atrás no tempo. São exatamente vinte para as seis. E respondo à máquina: *yes*. A máquina monstruosa. É um telescópio. Que ventania. É ciclone? É.

Mas que lugar para se ser bonito. Hoje é segunda-feira, dia 10. Como vê, eu não morri. Vou ao dentista. Semana perigosa, essa. Eu falo a verdade. Não a verdade toda, como disse. E se Deus sabe, isso é com Ele. Ele que se arrume. Não sei mas vou me arrumar como posso. Como aleijado. Viver de graça é que não se pode. Pagar para viver? Tenho sobrevida. Igual ao vira-lata Ulisses. Quanto a mim acho que.

Que vergonha. É meu caso de vergonha pública. Tenho três bisontes na minha vida. Um mais um mais um mais um mais um. O quarto me mata em Malta. Na verdade o sétimo é o mais brilhante. Bisonte, para quem não sabe, é animal de caverna. Desempenho as minhas histórias. Calor humano. Cidade sem medo, essa. Deus é a hora. Vou durar ainda. Ninguém é imortal. Vê lá se encontra um que não morre.

Morri. Morri assassinada por Brasília. Morri para pesquisar. Rezem por mim porque eu morri de costas.

Olha, Brasília, fui embora. E que Deus me acuda. É que sou um pouco antes. É só isso. Juro por Deus. E sou um pouco depois também. Que é que há de se fazer. Brasília é vidro partido no chão da rua. Cacos. Brasília é ferrinho de dentista. E muito motocicleta também. Sem deixar de ser ova de peixe, bem frita e bem salgada. Acontece que sou tão ávida da vida, tanto quero dela e aproveito-a tanto e tudo é tanto – que me torno imoral. Isso mesmo: sou imoral. Que bom ser imprópria até dezoito anos.

Brasília faz ginástica todos os dias às 5 da manhã. Só os baianos de lá é que entram nessa. Fazem poesia.

Brasília é o mistério classificado em arquivos de aço. Tudo lá se classifica. E eu? quem sou? como é que me classificaram? Deram-me um número? Sinto-me numerificada e toda apertada. Mal caibo dentro de mim. Eu sou um euzinho muito mixa. Mas com certa classe.

Ser feliz é uma responsabilidade tão grande. Brasília é feliz. Tem essa ousadia. O que será de Brasília no ano, digamos, de 3000? Quanta ossada. Ninguém se lembra do futuro porque não pode ser. As autoridades não deixam. E eu, quem sou? obedeço de puro medo ao mínimo soldado que apareça na minha frente e me diga: considere-se prendida. Ai vou chorar. Sou por um triz. *On the verge of.*

Está se vendo que não sei descrever Brasília. Ela é Júpiter. É palavra bem aplicada. É gramatical demais para o meu gosto. E o pior é que ela exige gramática *but I don't know, sir, I don't know the rules.*

Brasília é um aeroporto. Os alto-falantes anunciando fria e cortesmente a partida dos aviões.

Que mais? é que não se sabe o que fazer em Brasília. Só fazem os que trabalham danadamente, os que danadamente fazem filhos e danadamente se reúnem em jantares de grandes delicadezas.

Fiquei hospedada no Hotel Nacional. Apartamento 800. E bebi coca-cola no quarto. Vivo – boba que sou fazendo propaganda de graça.

Às sete horas da noite falarei só por alto da vanguarda literária brasileira, já que não sou crítica. Deus me livre de criticar. Tenho um medo seco de enfrentar pessoas que me ouvem. Eletrizada. Aliás Brasília é eletrizada e é computador. Com certeza vou ler depressa demais para acabar logo. Vou ser apresentada à audiência por José Guilherme Merquior. Merquior é sadio demais. Fico honrada e ao mesmo tempo tão humilde. Afinal, quem sou eu para enfrentar um público exigente? Farei o que puder. Uma vez fiz uma palestra na PUC e Affonso Romano de Sant'Anna, não sei que diabo lhe deu a esse ótimo crítico, me fez uma pergunta: dois e dois são cinco? Por um segundo fiquei atônita. Mas me ocorreu logo uma anedota de humor negro: É assim: o psicótico diz que dois e dois são cinco. O neurótico diz: dois e dois são quatro mas eu simplesmente não aguento. Houve então sorrisos e relaxamento.

Amanhã volto para o Rio, cidade turbulenta de meus amores. Gosto de viajar de avião: amo a velocidade. Com seu Vicente consegui que corresse em Brasília bem depressa com o carro. Sentei-me ao lado dele e conversamos muito. Até logo mais: vou ler enquanto espero que venham me buscar para a conferência. Em Brasília dá vontade de ser bonita. Tive vontade de me enfeitar. Brasília é arriscada e eu amo o risco. É uma aventura: me deixa face a face com o desconhecido. Vou dizer palavras. As palavras nada têm a ver com as sensações. Palavras são pedras duras e as sensações delicadíssimas, fugazes, extremas. Brasília humanizou-se. Só que não aguento essas ruas redondas, essa falta vital de esquinas. Lá, mesmo o céu é redondo. As nuvens são *agnus dei.* Brasília tem o ar tão *seco* que a pele do rosto fica seca, as mãos ásperas.

A máquina do dentista chamada "Atlante 200" fala assim comigo: tchi! tchi! tchi! Hoje é dia 14. Quatorze me deixa suspensa. Brasília é quinze vírgula um. O Rio é um, mas unzinho. Atlante 200 não morre? Não, não morre. É como eu quando estou hibernada em Brasília.

Brasília é guindaste alaranjado pescando coisa muito delicada: um pequeno ovo branco. Esse ovo branco sou eu ou uma criancinha que nasce hoje?

Sinto que estão fazendo macumba contra mim: quem quer roubar a minha pobre identidade? Só faço o seguinte: peço socorro e bebo um cafezinho. Depois eu fumo. Como e quanto fumei em Brasília! Brasília é cigarro Hollywood com filtro. Brasília é assim: ouço neste instante o ruído da chave na fechadura da porta de entrada e de saída. Mistério? mistério, sim senhor. Vou abrir e sabe quem era? era ninguém. Brasília é alguém, tapete vermelho, fraque e cartola.

Brasília é uma tesoura de aço puro. Economizo quanto posso para o dinheiro dar. E já fiz o meu testamento. Digo nele um bocado de coisas.

Brasília é barulho de gelinho no copo de whisky, às seis horas da tarde, hora de ninguém.

Querem que eu diga a Brasília: viva? digo viva com o copo na mão. No Rio, na copa de minha casa, matei um mosquito que tremulava no ar. Por que esse direito de matar?

Ele era apenas um átomo voando. Nunca mais vou esquecer esse mosquito cujo destino eu tracei, eu, a sem destino.

Estou cansada, ouvindo de madrugada a Ministério da Educação que também é de Brasília. No momento ouço o "Danúbio Azul" em cujas águas me debruço séria e atenta.

Brasília é ficção científica. Brasília é Ceará ao avesso. ambos contundentes e conquistadores.

E é coro infantil em manhã azulíssima e supergelada, os meninos abrindo as boquinhas redondas e entoando um "Te Deum" todo inocente, acompanhado de música de órgão. Quero que isso aconteça na igreja dos vitrais às 7 horas da noite. Ou às 7 horas da manhã. Prefiro de manhã, se bem que o crepúsculo em Brasília seja ainda mais bonito que o pôr do sol involuntário de Porto Alegre. Brasília é um primeiro lugar no vestibular. Eu já fico contente com um segundinho segundo lugar.

Vejo que escrevi sete em número: 7. Pois Brasília é 7. É 3. É quatro. É oito, nove – pulo os outros, e no 13 me encontro com Deus.

O problema é que o papel branco exige que eu escreva. Vou e escrevo. Sozinha no mundo, no alto de um morro. Eu queria ser regente musical, mas diz que mulher não pode ser por não ter resistência física. Ah, Schubert, adoce um pouco Brasília. Eu sou tão boa para Brasília.

Neste instante-já são dez para as sete. *Me muero*. A casa é sua, meu senhor, e o serviço que lhe dou é serviço de luxo. Aproveite quem quiser. Brasília é uma nota de 500 cruzeiros que ninguém quer trocar. E o centavo número 1? esse reivindico para mim. É tão raro. Dá boa sorte. E dá privilégio. Quinhentos cruzeiros me atravessam a garganta.

Brasília é diferente. Brasília convida. E se me convidam, eu atendo. Brasília usa piteira com brilhantes.

Mas é um lugar-comum dizerem: quero dinheiro e quero morrer de repente. Mesmo eu. Mas S. Francisco tirou toda a roupa e ficou nu. Ele e meu cachorro Ulisses nada pedem. Brasília é um pacto que fiz com Deus.

Só peço um favor, Brasília, de você: não entre numa de falar esperanto. Não vê que as palavras ficam deturpadas em esperanto como em tradução mal traduzida? *Yes, my Lord. I said yes, sir. I almost said: my love,* em vez de *my Lord. But my love is my Lord. There is no answer? O.K., I can stand It.* Mas como dói. Dói muito ser ofendida por uma falta de resposta. Aguento. Mas não me pisem nos pés porque dói. E sou familiar, eu sou você, não faça cerimônia. Vai ser assim: eu o trato de senhor doutor e você me trata de tu. Você é tão galante, Brasília.

Brasília tem Jardim Botânico? e tem Jardim Zoológico? Faz falta, porque não é só de gente que vive o homem. Ter bicho é essencial.

Cadê a tua trágica ópera, Brasília? Opereta eu não aceito, é nostálgica demais, é soldadinho de chumbo que eu, embora menina, brinquei com. O *blue* me estraçalha mansamente o coração que no entanto é tão quente como o próprio *blue*.

Brasília é Lei Física. Relaxe-se, minha senhora, tire a cinta, não se afobe, tome um golinho de água com açúcar – e então experimente ser um pouco a Lei Natural. A senhora vai se deleitar.

Existe por acaso uma matéria de estudo chamada Matéria da Existência do Tempo? Pois devia existir.

Pois não é que passaram água oxigenada no chão de Brasília. Pois passaram: para desinfectar. Mas eu sou, graças a Deus, bem infectada. Mas fiz radiografia dos pulmões e disse para o médico: meus pulmões devem estar pretos de fumaça. Ele respondeu: pois até que não, estão clarinhos.

E assim vai se indo. Estou de repente muda e sem assunto. Respeitem o meu silêncio. Eu não pinto, não senhora, eu escrevo e quanto.

Em Brasília não sonhei. Será culpa minha ou em Brasília não se sonha? E a camareira? que foi feito dela? Eu também já sofri, ouviu, mulher-camareira? Sofrimento é privilégio dos que sentem. Mas agora estou pura alegria. São quase seis horas da manhã. Acordei às quatro da madrugada. Estou alerta, Brasília é alerta. Prestem atenção ao que digo: Brasília não vai terminar nunca. Eu morro e Brasília permanece. Com nova gente, é claro. Brasília é novinha em folha.

Brasília é Marcha Nupcial. O noivo é um nordestino que come o bolo inteiro porque está com fome há várias gerações. A noiva é uma velha senhora viúva, rica e rabugenta. Deste insólito casamento que assisti, forçada pelas circunstâncias, saí derrotada pela violência da Marcha Nupcial que parece Marcha Militar e que me mandou me casar também e eu não quero. Saí cheia de band-aids, com o tornozelo torcido, a nuca doendo e uma grande ferida me doendo no coração.

Tudo o que eu disse é verdade. Ou é simbólico. Mas que sintaxe difícil Brasília tem! A cartomante disse que eu iria a Brasília. Ela sabe de tudo, dona Nadir, do Méier. Brasília é pálpebra batendo que nem borboleta amarela que um dia desses vi na esquina de minha casa. Borboleta amarela é bom augúrio. Lagartixa não diz sim nem não. Mas S. tem um medo de lagartixa que se pela. Eu tenho mais medo é de ratos. No Hotel Nacional me garantiram que não tinha rato. Aí, então, fiquei. Com garantia, fico muito.

Trabalhar é sina. Olha, *Jornal de Brasília*, inclua astrologia nos seus planos. Afinal a gente tem que saber a quantas anda. Sou toda mágica e minha aura é azul forte que nem os doces vitrais da igreja de que falei. Tudo em que eu toco, nasce.

Amanhece aqui no Rio. Uma bela e fria manhã seca. Que bom que todas as noites tenham manhãs radiosas. O horóscopo de Brasília é fulgente. E quem quiser, que aguente.

São quinze para as seis. Escrevo ouvindo música. Qualquer uma serve, não crio problemas. Eu agora queria era ouvir um fado bem adstringente cantado por Amália Rodrigues em Lisboa. Ah que saudade de Capri. Sofri tanto em Capri. Mas perdoei. Não faz mal: Capri, como Brasília, é linda. Estou é com pena de Brasília porque ela não tem mar. Mas há maresia no ar. Banho de piscina eu desprezo. Banho de mar dá coragem. Um dia desses fui à praia e entrei no mar com emoção. Bebi sete goles de água salgada do mar. A água estava friazinha, delicada, de ondinhas que também eram *agnus dei*. Aviso que vou comprar um chapéu de feltro no estilo antigo, com copa pequena de abas viradas. E também um xale verde de croché. Brasília não é croché, é tricô feito por máquinas especializadas que não erram. Mas, como eu disse, sou erro puro. E tenho alma canhota. Me enrolo toda no croché verde-esmeralda, me enrolo toda. Para me proteger. Verde é a cor da esperança. E terça-feira pode ser um desastre. Em minha última terça-feira chorei porque fui ofendida. Mas em geral terça-feira é bom. Quanto à quinta-feira, é doce e um pouquinho triste. Ride, palhaço, enquanto a casa pega fogo. *Mas tout va très bien, madame la Marquise.* Só que.

Será que em Brasília tem faunos? Está resolvido: compro é chapéu verde para combinar com o meu xale. Ou não compro nenhum? sou tão indecisa. Brasília é decisão. Brasília é homem: E eu, tão mulher. Vou andando às trambolhadas. Esbarro aqui, esbarro ali. E chego enfim.

A música que estou ouvindo agora é toda pura e sem culpa. Debussy. Com ondinhas frescas do mar.

Brasília tem gnomos?

A minha casa no Rio está cheia deles. Todos fantásticos. Experimente um só gnomo e você fica viciado. Duende também serve. Anão? tenho pena.

Já resolvi: não preciso de chapéu nenhum. Ou preciso? Meu Deus, que será de mim? Brasília, me salve que estou precisando.

Um dia eu era criança que nem Brasília. E queria tanto um pombo-correio. Pra mandar carta para Brasília. Recebem? sim ou não?

Sou inocente e ignorante. E quando estou em estado de escrever, não leio. Seria demais para mim, não tenho força.

No avião viajei com um senhor português, comerciante não sei de quê, mas que foi muito delicado: segurou minha maleta pesada. Na volta de Brasília viajei com um senhor que conversou comigo tão bem, uma conversa tão boa, que eu disse: é incrível como o tempo passou depressa e já chegamos. Ele disse: para mim o tempo também passou depressa. Este homem um dia encontrarei. Ele vai me ensinar. Sabe de muita coisa.

Estou tão perdida. Mas é assim mesmo que se vive: perdida no tempo e no espaço.

Morro de medo de comparecer diante de um Juiz. Emeretíssimo, dá licença de eu fumar? Dou, sim senhora, eu mesmo fumo cachimbo. Obrigada, Vossa Eminência. Trato bem o Juiz, Juiz é Brasília. Mas não vou abrir processo contra Brasília. Ela não me ofendeu.

Estamos em plena copa do mundo. Tem um país africano que é pobre e ignorante e perdeu da Iugoslávia de 9 a zero. Mas a ignorância é outra: ouvi dizer que nesse país ou os rapazes pretos ganham ou morrem. Que falta de socorro.

Eu sei morrer. Morri desde pequena. E dói mas a gente finge que não dói. Estou com tanta saudade de Deus.

E agora vou morrer um pouquinho. Estou tão precisada.

Sim. Aceito, *my Lord*. Sob protesto.

Mas Brasília é esplendor.

Estou assustadíssima.

DOMINGO, ANTES DE DORMIR

Aos domingos, a família ia ao cais do porto espiar os navios. Debruçavam-se na murada, e se o pai vivesse talvez ainda tivesse diante dos olhos a água oleosa, de tal modo ele fixava a água oleosa. As filhas se inquietavam obscuramente, chamavam-no para ver coisa melhor: olhe os navios, papai!, ensinavam-lhe elas inquietas. Quando escurecia, a cidade iluminada se tornava uma grande metrópole com banquinhos altos e giratórios em cada bar. A filha menor quis se sentar num dos bancos, o pai achou graça. E isso era alegre. Ela então fez mais graça e isto já não era tão alegre. Para beber, escolheu uma coisa que não fosse cara, se bem que o banco giratório encarecesse tudo. A família, de pé, esperava. A tímida e voraz curiosidade pela alegria. Foi quando conheceu *ovomaltine* de bar, nunca antes tal grosso luxo em copo alto, mais alteado pela espuma, o banco alto e incerto, *the top of the world*. Todos esperando. Lutou desde o princípio contra o enjoo mas foi até o fim, a responsabilidade perplexa da escolha infeliz, forçando-se a gostar do que deve ser gostado, desde então misturando, à mínima excelência de seu caráter, uma indecisão de coelho. Também a desconfiança assustada de que *ovomaltine* é bom, quem não presta sou eu. Mentiu que era ótimo porque de pé eles assistiam à experiência da felicidade cara: dela dependia que eles acreditassem ou não num mundo melhor? Mas tudo isso era rodeado pelo pai, e ela estava bem dentro dessa pequena terra na qual caminhar de mão dada era a família. De volta o pai disse: mesmo sem termos feito nada, gastamos tanto. Antes de adormecer, na cama, no escuro. Pela janela, no muro branco: a sombra gigantesca e flutuante dos ramos, como se de uma árvore enorme, que na verdade não existia no pátio, só existia um magro arbusto; ou era sombra da lua. Domingo foi sempre aquela noite imensa que gerou todos os outros domingos e gerou navios cargueiros e gerou água oleosa e gerou leite com espuma e gerou a lua e gerou a sombra gigantesca de uma árvore pequena.

PORQUE EU QUERO

Esta primavera é bem seca, e o rádio estala captando sua estática, a roupa se eriça ao largar a eletricidade do corpo, o pente levanta os cabelos imantados, é uma dura primavera. E muito vazia. De qualquer ponto em que se está, parte-se para o longe: nunca se viu tanto caminho. Fala-se pouco; o corpo pesa com o seu sono; em geral os olhos são grandes e inexpressivos. No terraço está o peixe no aquário, tomamos refresco olhando para o campo. Com o vento, vem do campo o sonho das cabras. Na outra mesa do terraço um fauno solitário. Olhamos o copo de refresco e sonhamos estáticos dentro do copo. "O quê!" "Eu não disse nada." Passam-se dias e mais dias. Mas basta um instante de sintonização e de novo capta-se a estática farpada da primavera: o sonho impudente das cabras, o peixe todo vazio, uma súbita tendência ao roubo, o fauno coroado em saltos solitários. "O quê?" "Nada, eu não disse nada." Mas percebo um primeiro rumor, como um coração batendo embaixo da terra. Quieta, colo meu ouvido na terra e ouço o verão abrir caminho por dentro, e meu coração bate embaixo da terra – nada, eu não disse nada – e sinto a paciente brutalidade com que a terra fechada se abre por dentro, e sei com que peso de doçura o verão amadurecerá cem mil laranjas, e sei que as laranjas são minhas, porque eu quero.

A ARTE DE NÃO SER VORAZ

– Moi, madame, j'aime manger juste avant la faim. Ça fait plus distingué.

SAGUÃO EM GRAJAÚ

Na Zona Norte sopra um vento quente. No saguão cinco moças sem cor já tomaram o banho da tarde, os cabelos secam ao siroco. Têm olhos pretos, braços redondos e bocas desbotadas. Elas são as filhas. Para que falar? sentai-vos e tocai vossas guitarras. Não há nada a lhes dizer. Ali não há nada a salvar. Nem tudo quer dizer alguma coisa (isso é tão importante como o oposto). São cinco moças de boca desbotada que deixo no saguão mesmo, e que ali fiquem. E, se não quiserem ficar, que saiam. Cinco moças sem cor simbolizam cinco moças sem cor. Eis que estou vendo esse harém de bocas desbotadas, e sem crueldade ou amor entrego-as à seleção natural, não me politizo, não me poetizo, não acho que está certo ou errado: está é isso mesmo.

Mas o siroco, sim, traz cavalos e areias.

A COZINHEIRA FELIZ, A GRANDEZA DA SINCERIDADE

"Therezinha meu amor. Estás sempre em meu coração. Desde o momento em que a vi meu coração tornou-se cativo de seus encantos. Ao vê-la tão meiga e bela senti minh'alma perturbada minha vida até então vazia e triste. Tornou-se cheia de luz e esperança acesa em meu peito a chama do amor. O amor que despertou em mim. Therezinha queridinha do coração é iluminado pela sua pureza e encontra em meu coração a grandeza de minha sinceridade. Que felicidade podemos encontrar um dia num coração que pulse Junto ao nosso, irmanados nas doçuras e agruras da vida um coração amigo que nos conforte uma alma pura que nos adore e leve ao céu doce balada de amor a mulher querida com que sonhamos. Eternamente seu apaixonado Edgard. Da Therezinha querida peço-lhe Resposta. Estrada São Luiz, 30-C, Santa Cruz é o meu Endereço."

CRÔNICA SOCIAL

... Perfeito, perfeito, perfeito, o almoço. Poderia ser transportado na íntegra – mesa, comensais, comida, garçons – para outra casa, quiçá outro país, como se diz de obra de arte (que não conhece fronteiras). E a consciência de que é de cada um que depende a falta de erro. Reunião é uma reunião em torno de uma gafe que não é cometida? A tensão da perfeição crescendo, a pele do tambor esticando-se. Risco excitante. Para cada um, a gafe que não é cometida. Que gafe, afinal? Eu. Cada um é a própria gafe muda. Que sob o sorriso de sonho atrai, atrai, atrai sádica, estou chegando perto, estou chegando perto, numa sorridente tortura de pesadelo. Mais um minuto, mais um instante – e – e eu acontece. Entre o conhaque e a fumaça, a perfeição esticada cada vez mais tênue. Esporte perigoso, esse.

A GELEIA VIVA

Este sonho foi de uma assombração triste. Havia uma geleia que estava viva. Quais eram os sentimentos da geleia? o silêncio. Viva e silenciosa, a geleia arrastava-se com dificuldade pela mesa, descendo, subindo, vagarosa, sem se derramar. Quem pegava nela? Ninguém tinha coragem. Quando olhei-a, nela vi espelhado meu próprio rosto mexendo-se lento na sua vida. Minha deformação essencial. Deformada sem me derramar. Também eu apenas viva. Lançada no horror, quis fugir da geleia, fui ao terraço, pronta a me lançar daquele meu último andar da Rua Marquês de Abrantes. Era noite fechada, e isso eu via do terraço, e eu estava tão perdida de medo que o fim se aproximava, tudo o que é forte demais parece estar perto de um fim. Mas antes de saltar, eu resolvia pintar os lábios. Pareceu-me que o batom estava curiosamente mole. Percebi então: o batom era também de geleia viva. E ali estava eu no terraço escuro com a boca úmida da coisa viva. Quando já estava com as pernas para fora do balcão, e pronta para me deixar cair, foi que vi os olhos do escuro. Não "olhos no escuro". Mas os olhos do escuro. O escuro me espiava com dois olhos grandes, separados. A escuridão, pois, também era viva. Aonde encontraria eu a morte? A morte era geleia viva. Vivo estava tudo. Tudo é vivo, primário, lento, interessado, tudo é primariamente imortal.

Com uma dificuldade quase insuperável, consegui acordar-me a mim mesma, como se eu me puxasse pelos cabelos para sair do atolado vivo. Abri os olhos. O quarto estava escuro, mas era um escuro reconhecível, não o profundo escuro do qual eu me arrancara. Senti-me mais tranquila. Tudo fora um sonho. Mas percebi que um dos meus braços estava para fora do lençol. Com um sobressalto, recolhi-o: nada meu deveria estar exposto, se é que eu ainda queria me salvar. Eu queria me salvar? Acho que sim: pois acendi a luz. E vi o quarto de contornos firmes. Havíamos endurecido a geleia viva em parede, havíamos endurecido a geleia viva em teto; havíamos matado tudo o que se podia matar, tentado restaurar a paz da morte em torno de nós, fugindo ao que era pior que a morte: a vida pura, a geleia viva. Fechei a luz.

De repente um galo cantou. Num edifício de apartamentos, um galo? Um galo rouco. No edifício caiado de branco, um galo vivo. Por fora a casa limpa, e por dentro o grito? assim falava o Livro. Por fora a morte conseguida, limpa, definitiva – mas por dentro a geleia viva. Disso eu soube, no primário da noite.

A EXPLICAÇÃO INÚTIL

Não é fácil lembrar-me de como e por que escrevi um conto ou um romance. Depois que se despegam de mim, também eu os estranho. Não se trata de "transe", mas a concentração no escrever parece tirar a consciência do que não tenha sido o escrever propriamente dito. Alguma coisa, porém, posso tentar reconstituir, se é que importa, e se responde ao que me foi perguntado.

O que me lembro do conto "Feliz aniversário", por exemplo, é da impressão de uma festa que não foi diferente de outras de aniversário; mas aquele era um dia pesado de verão, e acho até que nem pus a ideia de verão no conto. Tive uma "impressão", de onde resultaram algumas linhas vagas, anotadas apenas pelo gosto e necessidade de aprofundar o que se sente. Anos depois, ao deparar com essas linhas, a história nasceu, com uma rapidez de quem estivesse transcrevendo cena já vista – e no entanto nada do que escrevi aconteceu naquela ou em outra festa. Muito tempo depois um amigo perguntou-me de quem era aquela avó. Respondi que era a avó dos outros. Dois dias depois a verdadeira resposta me veio espontânea, e com surpresa: descobri que a avó era minha mesma, e dela eu só conhecera, em criança, um retrato, nada mais.

"Mistério em São Cristóvão" é mistério para mim: fui escrevendo tranquilamente como quem desenrola um novelo de linha. Não encontrei a menor dificuldade. Creio que a ausência de dificuldade veio da própria concepção do conto: sua atmosfera talvez precisasse dessa minha atitude de isenção, de certa não participação. A falta de dificuldade é capaz de ter sido técnica interna, modo de abordar, delicadeza, distração fingida.

De "Devaneio e embriaguez duma rapariga" sei que me diverti tanto que foi mesmo um prazer escrever. Enquanto durou o trabalho, estava sempre de um bom humor diferente do diário e, apesar de os outros não chegarem a notar, eu falava à moda portuguesa, fazendo, ao que me parece, experiência de linguagem. Foi ótimo escrever sobre a portuguesa.

De "Os laços de família" não gravei nada.

Do conto "Amor" lembro duas coisas: uma, ao escrever, da intensidade com que inesperadamente caí com o personagem dentro de um Jardim Botânico não calculado, e de onde quase não conseguimos sair, de tão encipoadas, e meio hipnotizadas – a ponto de eu ter que fazer meu personagem chamar o guarda para abrir os portões já fechados, senão passaríamos a morar ali mesmo até hoje. A segunda coisa de que me lembro é de um amigo lendo a história datilografada para criticá-la, e eu, ao ouvi-la em voz humana e familiar, tendo de súbito a impressão de que só naquele instante ela nascia, e nascia já feita, como criança nasce. Este momento foi o melhor de todos: o conto ali me foi dado, e eu o recebi, ou ali eu o dei e ele foi recebido, ou as duas coisas que são uma só.

De "O jantar" nada sei.

"Uma galinha" foi escrito em cerca de meia hora. Haviam me encomendado uma crônica, eu estava tentando sem tentar propriamente, e terminei não entregando; até que um dia notei que aquela era uma história inteiramente redonda, e senti com que amor a escrevera. Vi também que escrevera um conto, e que ali estava o gosto que sempre tivera por bichos, uma das formas acessíveis de gente.

"Começo de uma fortuna" foi escrito mais para ver no que daria tentar uma técnica tão leve que apenas se entremeasse na história. Foi construído meio a frio, e eu guiada apenas pela curiosidade. Mais um exercício de escalas.

"Preciosidade" é um pouco irritante, terminei antipatizando com a menina, e depois pedindo-lhe desculpas por antipatizar, e na hora de pedir desculpas tendo vontade de não pedir mesmo. Terminei arrumando a vida dela mais por desencargo de consciência e por responsabilidade que por amor. Escrever assim não vale a pena, envolve de um modo errado, tira a paciência. Tenho a impressão de que, mesmo se eu pudesse fazer desse conto um conto bom, ele intrinsecamente não prestaria.

"Imitação da rosa" usou vários pais e mães para nascer. Houve o choque inicial da notícia de alguém que adoecera, sem eu entender por quê. Houve nesse mesmo dia rosas que me mandaram, e que reparti com uma amiga. Houve essa constante na vida de todos, que é a rosa como flor. E houve tudo o mais que não sei, e que é o caldo de cultura de qualquer história. "Imitação" me deu a chance de usar um tom monótono que me satisfaz muito: a repetição me é agradável, e repetição acontecendo no mesmo lugar termina cavando pouco a pouco, cantilena enjoada diz alguma coisa.

"O crime do professor de matemática" chamava-se antes "O crime", e foi publicado. Anos depois entendi que o conto simplesmente não fora escrito. Então escrevi-o. Permanece no entanto a impressão de que continua não escrito. Ainda não entendo o professor de matemática, embora saiba que ele é o que eu disse.

"A menor mulher do mundo" me lembra domingo, primavera em Washington, criança adormecendo no colo no meio de um passeio, primeiros calores de maio – enquanto a menor mulher do mundo (uma notícia lida no jornal) intensificava tudo isso num lugar que me parece o nascedouro do mundo: África. Creio que também este conto vem de meu amor por bichos; parece-me que sinto os bichos como uma das coisas ainda muito próximas de Deus, material que não inventou a si mesmo, coisa ainda quente do próprio nascimento; e, no entanto, coisa já se pondo imediatamente de pé, e já vivendo toda, e em cada minuto vivendo de uma vez, nunca aos poucos apenas, nunca se poupando, nunca se gastando.

"O búfalo" me lembra muito vagamente um rosto que vi numa mulher ou em várias, ou em homens; e uma das mil visitas que fiz a jardins zoológicos. Nessa, um tigre olhou para mim, eu olhei para ele, ele sustentou o olhar, eu não, e vim embora até hoje. O conto nada tem a ver com tudo isso, foi escrito e deixado de lado. Um dia reli-o e senti um choque de mal-estar e horror.

COME, MEU FILHO

– O mundo parece chato mas eu sei que não é.

– ...

– Sabe por que parece chato? Porque, sempre que a gente olha, o céu está em cima, nunca está embaixo, nunca está de lado. Eu sei que o mundo é redondo porque disseram, mas só ia parecer redon-do se a gente olhasse e às vezes o céu estivesse lá embaixo. Eu sei que é redondo, mas para mim é chato, mas Ronaldo só sabe que o mundo é redondo, para ele não parece chato.

– ...

– Porque eu estive em muitos países e vi que nos Estados Unidos o céu também é em cima, por isso o mundo parecia todo reto para mim. Mas Ronaldo nunca saiu do Brasil e pode pensar que só aqui é que o céu é lá em cima, que nos outros lugares é embaixo ou do lado, e ele pode pensar que o mundo só é chato no Brasil, que nos outros lugares que ele não viu vai redondando. Quando dizem para ele, é só acreditar, pra ele nada precisa parecer. Você prefere prato fundo ou prato chato?

– Chat... – raso, quer dizer.

– Eu também. No fundo, parece que cabe mais, mas é só para o fundo, no chato cabe para os lados e a gente vê logo tudo o que tem. Pepino não parece inreal?

– Irreal.

– Por que você acha?

– Se diz assim.

– Não, por que é que você achou que pepino parece inreal? Eu também. A gente olha e vê um pouco do outro lado, é cheio de desenho bem igual, é frio na boca, faz barulho de um pouco de vidro quando se mastiga. Você não acha que pepino parece inventado?

– Parece.

– Aonde foi inventado feijão com arroz?

– Aqui.

– Ou no árabe, igual que Pedrinho disse de outra coisa?

– Aqui.

– Na sorveteria Gatão o sorvete é bom porque tem gosto igual da cor. Para você carne tem gosto de carne?

– Às vezes.

– Duvido! Só quero ver: da carne pendurada no açougue?!

– Não.

– E nem da carne que a gente fala. Não tem gosto de quando você diz que carne tem vitamina.

– Não fala tanto, come.

– Mas você está olhando desse jeito para mim, mas não é para eu comer, é porque você está gostando muito de mim, adivinhei ou errei?

– Adivinhou. Come, Paulinho.

– Você só pensa nisso. Eu falei muito para você não pensar só em comida, mas você vai e não esquece.

SUBMISSÃO AO PROCESSO

O processo de escrever é feito de erros – a maioria essenciais – de coragem e preguiça, desespero e esperança, de vegetativa atenção, de sentimento constante (não pensamento) que não conduz a nada, não conduz a nada, e de repente aquilo que se pensou que era "nada" era o próprio assustador contato com a tessitura de viver – e esse instante de reconhecimento, esse mergulhar anônimo na tessitura anônima, esse instante de reconhecimento (igual a uma revelação) precisa ser recebido com a maior inocência, com a inocência de que se é feito. O processo de escrever é difícil? mas é como chamar de difícil o modo extremamente caprichoso e natural como uma flor é feita. (Mamãe, me disse o menino, o mar está lindo, verde e com azul, e com ondas! está todo anaturezado! todo sem ninguém ter feito ele!) A impaciência enorme ao trabalhar (ficar de pé junto da planta para vê-la crescer e não se vê nada) não é em relação à coisa propriamente dita, mas à paciência monstruosa que se tem (a planta cresce de noite). Como se se dissesse: "não suporto um minuto mais ser tão paciente", "a paciência do relojoeiro me enerva" etc. O que impacienta mais é a pesada paciência vegetativa, boi servindo ao arado.

CRÍTICA LEVE

– No livro de Pelé as coisas vão acontecendo, e depois acontecendo, e depois acontecendo. É diferente do seu, porque você fica só inventando. O seu é mais difícil de fazer, mas o dele é melhor.

CRÍTICA PESADA

– Vou fazer um conto imitando você. E vai ser na máquina também: menina mendiga.

Era uma coisa. Quieta, bonita, sozinha. Encurralada naquele canto, sem mais, nem menos. Pedia dinheiro com intimidez. Só lhe restava isso: Meio biscoito e um retrato de sua mãe, que havia morrido há 3 dias.

UMA IRA

– "Esta" – se disse o homem ajoelhado como antes de ir para a guerra – "esta é a minha prece de possesso. Estou conhecendo o inferno da paixão. Não sei que nome dar ao que me toma, ou ao que estou com voracidade tomando, senão o de paixão. O que é isso que é tão violento que me faz pedir clemência a mim mesmo? É a vontade de destruir, como se para este momento de destruir eu tivesse nascido. Momento que virá ou não, a minha escolha depende de eu poder ou não me ouvir. Deus ouve, mas eu me ouvirei? A força de destruição ainda se contém um instante em mim. Não posso destruir ninguém ou nada, pois a piedade me é tão forte como a ira; então eu quero destruir a mim, que sou a fonte dessa paixão. Não quero pedir a Deus que me aplaque, amo tanto a Deus que tenho medo de tocar nele com o meu pedido, meu pedido queima, minha própria prece é perigosa de tão ardente, e poderia destruir em mim a imagem de Deus, que ainda quero salvar em mim. No entanto só a Ele eu poderia pedir que pusesse a mão sobre mim e arriscasse queimar a Dele. Não me atendas porque meu pedido é tão violento que me atemoriza. Mas a quem pedir, neste rápido instante de trégua, se já afastei os homens? Afastei os homens, fui fechando as doçuras de minha natureza a cada golpe que recebia, e as doçuras negadas foram se enegrecendo como nuvens simples que vão se fechando em escuridão, e eu abaixo a cabeça à tempestade. Como seria a ira divina, se esta minha me deixa cego de força total? Se esta cólera só destruísse a mim. Mas tenho que proteger os outros – os outros têm sido a fonte de minha esperança. Que faço para não usar esta onipotência que me toma? o que me direi eu? Senão a verdade, senão a verdade. Só outra coisa eu conheci tão total e cega e forte como esta minha vontade de me espojar na violência: a doçura da compaixão. Só isto ainda posso tentar pôr no outro prato da balança – pois no primeiro prato está o sangue e o ódio ao sangue e o riso ao sangue que dói. Que estou querendo? Quero que a cada uma de minhas dores corresponda hoje e agora um ato de cólera.

"Mas eu sei o que foram as minhas dores. A cólera, é fácil expô-la. Mas a dor, esta me envergonhava. Porque minha dor vem de que não saí feliz de meus outros pecados mortais. Minha violência – que é em carne viva e só quer como pasto a carne viva – esta violência vem de que outras violências vitais minhas foram esmagadas. Minhas outras violências pecadoras que se pareciam tanto com um direito meu... No começo elas se pareciam tanto com minhas maiores suavidades. Eu tinha nascido simplesmente e também simplesmente quis ir tomando para mim o que queria. E a cada vez que não podia, a cada vez que era proibido, a cada vez que me negavam, eu sorria e pensava que era um manso sorriso de resignação. Mas era a dor que se mascarava em bondade. Eu sabia que era dor errada diante de Deus, e, pior, diante de mim, quem quer que eu seja. Cada vez que meus pecados não venciam, eu sofria, mas sem me sentir com direito de sofrer, e tinha que esconder não apenas a dor, mas sobretudo o que causara a dor. O que estava sendo pisado em mim? na minha verdade de outrora, que estava sendo pisado em mim? Os pecados mortais.

"Os pecados mortais clamavam em mim por mais vida, e clamavam com vergonha, os pecados mortais em mim pediam o direito de viver. Minha gula pelo mundo: eu quis comer o mundo, e a fome com que nasci pelo leite, essa fome quis se estender pelo mundo, e o mundo não se queria comível. Ele se queria comível, sim, mas para isso exigia que eu fosse comê-lo com a humildade com que ele se dava. Mas a fome violenta é exigente e orgulhosa, e quando se vai com orgulho e exigência o mundo se transmuta em duro aos dentes e à alma. O mundo só se dá para os simples, e eu fui comê-lo com o meu poder e já com esta cólera que hoje me resume. E quando o pão se virou em pedra e ouro aos meus dentes, eu fingi por orgulho que não doía, eu pensava que fingir força era o caminho nobre de um homem e o caminho da própria força. Eu pensava que a força é o material de que o mundo é feito, e era com o mesmo material que eu iria a ele. E depois foi quando o amor pelo mundo me tomou: e isso já não era a fome pequena, era a fome ampliada. Era a grande alegria de viver – e eu pensava que esta, sim, é livre. Mas como foi que transformei, sem nem sentir, a alegria de viver na grande luxúria de estar vivo? No entanto, no começo era apenas bom e não era pecado. Era um amor pelo mundo quando o céu e a terra são de madrugada, e os olhos ainda sabem ser tenros. Mas eis que minha natureza de repente me assassinava, e já não era uma doçura de amor pelo mundo, era uma avidez de luxúria pelo mundo. E o mundo de novo se retraiu, e a isso chamei de traição. A luxúria de estar vivo me espantava na minha insônia, sem eu entender que a noite do mundo e a noite do viver são tão doces que até se dorme, que até se dorme, meu Deus. E a água, na minha luxúria de viver, a água se derramava pelos dedos antes de chegar à boca. E eu amava o outro ser com a luxúria de quem quer salvar e ser salvo pela alegria. Eu não sabia que só o meio-termo não é pecado mortal, eu tinha vergonha do meio-termo. Os pecados são mortais não porque Deus mata, mas porque eu morro deles. Eu é que não pude arcar com os pecados mortais. O que não consegui com eles, é isso o que hoje me violenta e a que respondo com violência. Os meus pobres meios canhestros não me conseguiram nem terra nem céu, e a fúria me toma. Ah, mas se por um instante eu entender que a fúria é contra os meus erros e não contra os dos outros, então esta cólera se transformará nas minhas mãos em flores, em flores, em coisas leves, em amor. Eu ainda não sei controlar meu ódio mas já sei que meu ódio é um amor irrealizado, meu ódio, é uma vida ainda nunca vivida. Pois vivi tudo – menos a vida. E é isso o que não perdoo em mim, e como não suporto não me perdoar, então não perdoo aos outros. A este ponto cheguei: como não consegui a vida, quero matá-la. A minha cólera – que é ela senão reivindicação? – a minha cólera, eu sei, eu tenho que saber neste minuto raro de escolha, a minha cólera é o reverso de meu amor; se eu quiser escolher finalmente me entregar sem orgulho à doçura do mundo, então chamarei minha ira de amor. Tanto temi jurar-me para sempre com essa primeira palavra que mal ouso pronunciar (amor), que fugi para a violência e para os olhos ensanguentados da paixão. Tudo, tudo por medo de me prostrar aos Teus pés e aos pés anônimos do 'outro' que sempre Te representou. Que rei sou eu, que não se curva? Tenho que escolher entre a quebra do orgulho e o amor--correnteza da ignorância e da doçura. A minha verdade antiga ainda me serve? Deus proibiu os sete pecados não por exigência de perfeição, mas apenas por piedade de nós, de mim que, como os outros, também tento não ser Dele e tento não ser dos outros, e eu sei que os outros são Ele. Neste instante tenho que escolher entre amar ou ter ódio. Sei que amar é mais lento, e a urgência me consome. Cobre minha fúria com o Teu amor, já que também eu sei que minha ira é apenas não amar, minha ira é arcar com a intolerável responsabilidade de não ser uma erva. Sou uma erva que se sente onipotente e se assusta. Tira de mim a falsa onipotência destruidora, não deixa que a ferida que abriram em mim signifique ferida aberta por Ti, faz com que neste instante de escolha eu entenda que aquele que fere está no mesmo pecado que eu: no orgulho que leva à ira, e portanto ele fere assim como estou querendo ferir só porque não acredita, só porque não confia, só porque se sente um rei espoliado; ajuda aos que sofrem de ira porque eles estão apenas precisando se entregar a Ti. Mas como Tua grandeza me é incompreensível, faz com que Tu te apresentes a mim sob uma forma que eu entenda: sob a forma do pai, da mãe, do amigo, do irmão, da amante, do filho. Ira, transforma-te em mim em perdão, já que és o sofrimento de não amar."

NÃO SOLTAR OS CAVALOS

Como em tudo, no escrever também tenho uma espécie de receio de ir longe demais. Que será isso? Por quê? Retenho--me, como se retivesse as rédeas de um cavalo que poderia galopar e me levar Deus sabe onde. Eu me guardo. Por que e para quê? para o que estou eu me poupando? Eu já tive clara consciência disso quando uma vez escrevi: "é preciso não ter medo de criar". Por que o medo? Medo de conhecer os limites de minha capacidade? ou medo do aprendiz de feiticeiro que não sabia como parar? Quem sabe, assim como uma mulher que se guarda intocada para dar-se um dia ao amor, talvez eu queira morrer toda inteira para que Deus me tenha toda.

AVAREZA

Ter nascido me estragou a saúde.

AS NEGOCIATAS

Depois que descobri em mim mesma como é que se pensa, nunca mais pude acreditar no pensamento dos outros.

LEMBRANÇA DE UM VERÃO DIFÍCIL

A insônia levitava a cidade mal iluminada. Não havia porta fechada e toda janela tinha sua quente luz. Em torno dos lampiões as larvas voavam. À margem do rio as mesas, as poucas conversas cansadas, crianças adormecidas no colo. A desperta leveza da noite não nos deixava ir dormir; como andarilhos, devagar andávamos. Fazíamos parte do velório amarelado dos lampiões e das larvas aladas, e de redondas alturas suspensas, e da vigília de toda uma abóbada celeste. Fazíamos parte da grande espera que, por si mesma e em si mesma, é o que o universo inteiro faz. Desde as outras enormes larvas que haviam outrora bebido lentamente da água daquele rio.

Mas dentro da grande espera total, que era o modo de se estar sendo, eu pedia a trégua. Aquela noite de verão em agosto era do mais fino tecido, para sempre inquebrável, de se estar esperando. Eu queria que a noite começasse enfim a tremer em fino espasmo, principiando a sua agonia; para que também eu pudesse dormir. Mas eu sabia que a noite de estio não se esgarça nem amanhece, ela apenas se sudoriza na morna febre da madrugada. E sempre sou eu quem tem ido dormir, sempre sou eu quem tem entrado em agonia, enquanto ela permanece como um olho sem pálpebra. É sob o grande olho acordado do mundo que tenho arrumado o meu sono, enrolando em mil panos de múmia o meu grão de insônia, que é o diamante que me coube. Eu estava na esquina e sabia que nada jamais entrará em agonia. É um mundo eterno. E eu sabia que sou eu que tenho de morrer.

Mas não queria sozinha, queria um lugar que se parecesse com o que eu precisava, queria que recebessem minha agonia necessária. Minhas mortes não são por tristeza – são um dos modos do mundo inspirar e expirar, a sucessão de vidas é a respiração da espera infinita, e eu mesma, que também sou o mundo, preciso do ritmo de minhas agonias. Mas se eu, como mundo, concordo com a minha morte, eu, como a outra coisa que extremamente também sou, preciso que as mãos da misericórdia recebam o corpo morto. Eu, que também sou a esperança da redenção da espera, preciso que a piedade do amor me salve e ao espírito de meu sangue. O sangue que estava tão negro na poeira negra de minhas sandálias, e minha testa estava rodeada de mosquitos como uma fruta. Onde poderia eu me refugiar e livrar-me da vibrante noite de verão que me acorrentara à sua grandeza? Meu pequeno diamante se tornara tão maior que eu, e eu via que também as estrelas são duras e brilhantes, e eu precisava ser o fruto que apodrece e rola. Eu precisava do abismo.

Vi então, toda de pé, a Catedral de Berna.

Mas também a catedral estava quente e alerta. Cheia de vespas.

UM AMOR CONQUISTADO

Encontrei Ivan Lessa na fila de lotação do bairro e estávamos conversando quando Ivan se espantou e me disse: olhe que coisa esquisita. Olhei para trás e vi, da esquina para a gente, um homem vindo com o seu tranquilo cachorro puxado pela correia. Só que não era cachorro. A atitude toda era de cachorro, e a do homem era a de um homem com o seu cão. Este é que não era. Tinha focinho acompridado de quem pode beber em copo fundo, rabo longo e duro – poderia, é verdade, ser apenas uma variação individual da raça. Ivan levantou a hipótese de quati, mas achei o bicho muito cachorro demais para ser quati, ou seria o quati mais resignado e enganado que jamais vi. Enquanto isso, o homem calmamente vindo. Calmamente, não; havia uma tensão nele, era uma calma de quem aceitou luta: seu ar era de um natural desafiador. Não se tratava de um pitoresco; era por coragem que andava em público com o seu bicho. Ivan sugeriu a hipótese de outro animal de que na hora não se lembrou o nome. Mas nada me convencia. Só depois entendi que minha atrapalhação não era propriamente minha, vinha de que aquele bicho já não sabia mais quem ele era, e não podia portanto me transmitir uma imagem nítida.

Até que o homem passou perto. Sem um sorriso, costas duras, altivamente se expondo – não, nunca foi fácil passar diante da fila humana. Fingia prescindir de admiração ou piedade; mas cada um de nós reconhece o martírio de quem está protegendo um sonho.

– Que bicho é esse? perguntei-lhe, e intuitivamente meu tom foi suave para não feri-lo com uma curiosidade. Perguntei que bicho era aquele, mas na pergunta o tom talvez incluísse: "por que é que você faz isso? que carência é essa que faz você inventar um cachorro? e por que não um cachorro mesmo, então? pois se os cachorros existem! Ou você não teve outro modo de possuir a graça desse bicho senão com uma coleira? mas você esmaga uma rosa se apertá-la com força!" Sei que o tom é uma unidade indivisível por palavras, sei que estou esmagando uma rosa, mas estilhaçar o silêncio em palavras é um dos meus modos desajeitados de amar o silêncio, e é assim que muitas vezes tenho matado o que compreendo. (Se bem que, glória a Deus, sei mais silêncio que palavras.)

O homem, sem parar, respondeu curto, embora sem aspereza. E era quati mesmo. Ficamos olhando. Nem Ivan nem eu sorrimos, ninguém na fila riu – esse era o tom, essa era a intuição. Ficamos olhando.

Era um quati que se pensava cachorro. Às vezes, com seus gestos de cachorro, retinha o passo para cheirar coisas, o que retesava a correia e retinha um pouco o dono, na usual sincronização de homem e cachorro. Fiquei olhando esse quati que não sabe quem é. Imagino: se o homem o leva para brincar na praça, tem uma hora que o quati se constrange todo: "mas, santo Deus, por que é que os cachorros me olham tanto?" Imagino também que, depois de um perfeito dia de cachorro, o quati se diga melancólico, olhando as estrelas: "que tenho afinal? que me falta? sou tão feliz como qualquer cachorro, por que então este vazio, esta nostalgia? que ânsia é esta, como se eu só amasse o que não conheço?" E o homem, o único a poder de livrá-lo da pergunta, esse homem nunca lhe dirá para não perdê-lo para sempre.

Penso também na iminência de ódio que há no quati. Ele sente amor e gratidão pelo homem. Mas por dentro não há como a verdade deixar de existir: e o quati só não percebe que o odeia porque está vitalmente confuso.

Mas se ao quati fosse de súbito revelado o mistério de sua verdadeira natureza? Tremo ao pensar no fatal acaso que fizesse esse quati inesperadamente defrontar-se com outro quati, e nele reconhecer-se, ao pensar nesse instante em que ele ia sentir o mais feliz pudor que nos é dado: eu... nós... Bem sei, ele teria direito, quando soubesse, de massacrar o homem com o ódio pelo que de pior um ser pode fazer a outro ser – adulterar-lhe a essência a fim de usá-lo. Eu sou pelo bicho, tomo o partido das vítimas do amor ruim. Mas imploro ao quati que perdoe ao homem, e que o perdoe com muito amor. Antes de abandoná-lo, é claro.

O CHÁ

As imaginações que assustam. Pensei numa festa – sem bebida, sem comida, festa só de olhar. Até as cadeiras alugadas e trazidas para um terceiro andar vazio da Rua da Alfândega, este seria um bom lugar. Para essa festa eu convidaria todos os amigos e amigas que tive e não tenho mais. Só eles, sem nem sequer os entre amigos mútuos. Pessoas que vivi, pessoas que me viveram. Mas como é que eu subiria sozinha pelas escadas escuras até uma sala alugada? E como é que se volta da Rua da Alfândega ao anoitecer? As calçadas estariam secas e duras, eu sei.

Preferi outra imaginação. Começou misturando carinho, gratidão, raiva; só depois é que se desdobraram duas asas de morcego, como o que vem de longe e vai chegando muito perto; mas também brilhavam as asas. Seria um chá – domingo, Rua do Lavradio – que eu ofereceria a todas as empregadas que já tive na vida. As que esqueci marcariam a ausência com uma cadeira vazia, assim como estão dentro de mim. As outras sentadas, de mãos cruzadas no colo. Mudas – até o momento em que cada uma abrisse a boca e, rediviva, morta-viva, recitasse o que eu me lembro. Quase um chá de senhoras, só que nesse não se falaria de criadas.

– Pois te desejo muita felicidade – levanta-se uma – desejo que você obtenha tudo o que ninguém pode te dar.

– Quando peço uma coisa – ergue-se a outra – só sei falar rindo muito e pensam que não estou precisando.

– Gosto de filme de caçada. (E foi tudo o que me ficou de uma pessoa inteira.)

– Trivial, não senhora. Só sei fazer comida de pobre.

– Quando eu morrer umas pessoas vão ter saudade de mim. Mas só isso.

– Fico com os olhos cheios de lágrimas quando falo com a senhora, deve ser por espiritismo.

– Era um miúdo tão bonito que até me vinha a vontade de fazer-lhe mal.

– Pois hoje de madrugada – me diz a italiana – quando eu vinha para cá as folhas começaram a cair, e a primeira neve também. Um homem na rua me disse assim: "É a chuva de ouro e de prata." Fingi que não ouvi porque se não tomo cuidado os homens fazem de mim o que querem.

– Lá vem a lordeza – levanta-se a mais antiga de todas, aquela que só conseguia dar ternura amarga e nos ensinou tão cedo a perdoar crueldade de amor. – A lordeza dormiu bem? A lordeza é de luxo. É cheia de vontades, ela quer isso, ela não quer aquilo. A lordeza é branca.

– Eu queria folga nos três dias de carnaval, madame, porque chega de donzelice.

– Comida é questão de sal. Comida é questão de sal. Comida é questão de sal. Lá vem a lordeza: te desejo que obtenhas o que ninguém pode te dar, só isso quando eu morrer. Foi então que o homem disse que a chuva era de ouro, o que ninguém pode te dar. A menos que não tenhas medo de ficar toda de pé no escuro, banhada de ouro, mas só na escuridão. A lordeza é de luxo pobre: folhas ou a primeira neve. Ter o sal do que se come, não fazer mal ao que é bonito, não rir na hora de pedir e nunca fingir que não se ouviu quando alguém disser: esta, mulher, esta é a chuva de ouro e prata. Sim.

O RECRUTAMENTO

Os passos estão se tornando mais nítidos. Um pouco mais próximos. Agora soam quase perto. Ainda mais. Agora mais perto do que poderiam estar de mim. No entanto continuam a se aproximar. Agora não estão mais perto, estão em mim. Vão me ultrapassar e prosseguir? É a minha esperança. Não sei mais com que sentido percebo distâncias. É que os passos agora não estão apenas próximos e pesados. Já não estão apenas em mim. Eu marcho com eles.

BOA NOTÍCIA PARA UMA CRIANÇA

Em tudo, em tudo você terá a seu favor o corpo. O corpo está sempre ao lado da gente. É o único que, até o fim, não nos abandona.

O PRIMEIRO ALUNO DA CLASSE

Seu segredo é um caracol. O cabelo é bem cortado, os olhos são delicados e atentos. Sua cortês carne de nove anos ainda é transparente. É de uma polidez inata: pega nas coisas sem quebrá-las. Empresta livros para os colegas, ensina a quem lhe pede, não se impacienta com a régua e o esquadro, quando há tanto aluno desvairado. Seu segredo é um caracol. Do qual não esquece um instante. Seu segredo é um caracol que o sustenta. Ele o cria numa caixa de sapato com gentileza e cuidado. Com gentileza diariamente finca-lhe agulha e cordão. Com cuidado adia-lhe atentamente a morte. Seu segredo é um caracol criado com insônia e precisão.

DESENHANDO UM MENINO

Como conhecer jamais o menino? Para conhecê-lo tenho que esperar que ele se deteriore, e só então ele estará ao meu alcance. Lá está ele, um ponto no infinito. Ninguém conhecerá o hoje dele. Nem ele próprio. Quanto a mim, olho, e é inútil: não consigo entender coisa apenas atual, totalmente atual. O que conheço dele é a sua situação: o menino é aquele em quem acabaram de nascer os primeiros dentes, e é o mesmo que será médico ou carpinteiro. Enquanto isso – lá está ele sentado no chão, de um real que tenho de chamar de vegetativo para poder entender. Trinta mil desses meninos sentados no chão, teriam eles a chance de construir um mundo outro, um que levasse em conta a memória da atualidade absoluta a que um dia já pertencemos? A união faria a força. Lá está ele sentado, iniciando tudo de novo, mas, para a própria proteção futura dele, sem nenhuma chance verdadeira de realmente iniciar.

Não sei como desenhar o menino. Sei que é impossível desenhá-lo a carvão, pois até bico de pena mancha o papel para além da finíssima linha de extrema atualidade em que ele vive. Um dia o domesticaremos em humano, e poderemos desenhá-lo. Pois assim fizemos conosco e com Deus. O próprio menino ajudará sua domesticação: ele é esforçado e coopera. Coopera sem saber que essa ajuda que lhe pedimos é para o seu autossacrifício. Ultimamente ele até tem treinado muito. E assim continuará progredindo até que, pouco a pouco – pela bondade necessária com que nos salvamos –, ele passará do tempo atual ao tempo cotidiano, da meditação à expressão, da existência à vida. Fazendo o grande sacrifício de não ser louco. Eu não sou louco por solidariedade com os milhares de nós que, para construir o possível, também sacrificaram a verdade que seria uma loucura.

Mas por enquanto ei-lo sentado no chão, imerso num vazio profundo.

Da cozinha a mãe se certifica: você está quietinho aí? Chamado ao trabalho, o menino ergue-se com dificuldade. Cambaleia sobre as pernas, com a atenção inteira para dentro: todo o seu equilíbrio é interno. Conseguido isso, agora a inteira atenção para fora: ele observa o que o ato de se erguer provocou. Pois levantar-se teve consequências e consequências: o chão move-se incerto, uma cadeira o supera, a parede o delimita. E na parede tem o retrato de O Menino. É difícil olhar para o retrato alto sem apoiar-se num móvel, isso ele ainda não treinou. Mas eis que sua própria dificuldade lhe serve de apoio: o que o mantém de pé é exatamente prender a atenção ao retrato alto, olhar para cima lhe serve de guindaste. Mas ele comete um erro: pestaneja. Ter pestanejado desliga-o por uma fração de segundo do retrato que o sustentava. O equilíbrio se desfaz – num único gesto total, ele cai sentado. Da boca entreaberta pelo esforço de vida a baba clara escorre e pinga no chão. Olha o pingo bem de perto, como a uma formiga. O braço ergue-se, avança em árduo mecanismo de etapas. E de súbito, como para prender um inefável, com inesperada violência ele achata a baba com a palma da mão. Pestaneja, espera. Finalmente, passado o tempo necessário que se tem de esperar pelas coisas, ele destampa cuidadosamente a mão e olha no assoalho o fruto da experiência. O chão está vazio. Em nova brusca etapa, olha a mão: o pingo de baba está, pois, colado na palma. Agora ele sabe disso também. Então, de olhos bem abertos, lambe a baba que pertence ao menino. Ele pensa bem alto: menino.

– Quem é que você está chamando? pergunta a mãe lá da cozinha.

Com esforço e gentileza ele olha pela sala, procura quem a mãe diz que ele está chamando, vira-se e cai para trás. Enquanto chora, vê a sala entortada e refratada pelas lágrimas, o volume branco cresce até ele – mãe! – absorve-o com braços fortes, e eis que o menino está bem no alto do ar, bem no quente e no bom. O teto está mais perto, agora; a mesa, embaixo. E, como ele não pode mais de cansaço, começa a revirar as pupilas até que estas vão mergulhando na linha de horizonte dos olhos. Fecha-os sobre a última imagem, as grades da cama. Adormece esgotado e sereno.

A água secou na boca. A mosca bate no vidro. O sono do menino é raiado de claridade e calor, o sono vibra no ar. Até que, em pesadelo súbito, uma das palavras que ele aprendeu lhe ocorre: ele estremece violentamente, abre os olhos. E para o seu terror, vê apenas isto: o vazio quente e claro do ar, sem mãe. O que ele pensa estoura em choro pela casa toda. Enquanto chora, vai se reconhecendo, transformando-se naquele que a mãe reconhecerá. Quase desfalece em soluços, com urgência ele tem que se transformar numa coisa que pode ser vista e ouvida senão ele ficará só, tem que se transformar em compreensível senão ninguém o compreenderá, senão ninguém irá para o seu silêncio, ninguém o conhece se ele não disser e contar, farei tudo o que for necessário para que eu seja dos outros e os outros sejam meus, pularei por cima de minha felicidade real que só me traria abandono, e serei popular, faço a barganha de ser amado, é inteiramente mágico chorar para ter em troca: mãe.

Até que o ruído familiar entra pela porta e o menino, mudo de interesse pelo que o poder de um menino provoca, para de chorar: mãe. Ele trocará todas as possibilidades de um mundo por: mãe. Mãe é: não morrer. E sua segurança é saber que tem um mundo para trair e vender, e que o venderá.

É mãe, sim, é mãe com fralda na mão. A partir de ver a fralda, ele recomeça a chorar.

– Pois se você está todo molhado!

A notícia o espanta, sua curiosidade recomeça, mas agora uma curiosidade confortável e garantida. Olha com cegueira o próprio molhado, em nova etapa olha a mãe. Mas de repente se retesa e escuta com o corpo todo, o coração batendo pesado na barriga: fon-fon!, reconhece ele de repente num grito de vitória e terror – o menino acaba de reconhecer!

– Isso mesmo! diz a mãe com orgulho, isso mesmo, meu amor, é fon-fon que passou agora pela rua, vou contar para o papai que você já aprendeu, é assim mesmo que se diz: fon-fon, meu amor!, diz a mãe puxando-o de baixo para cima e depois de cima para baixo, levantando-o pelas pernas, inclinando-o para trás, puxando-o de novo de baixo para cima. Em todas as posições o menino conserva os olhos bem abertos. Secos como a fralda nova.

UMA ITALIANA NA SUÍÇA

Rosa perdeu os pais quando era pequena. Os irmãos se espalharam pelo mundo e ela entrou para o orfanato de um convento. Lá levava uma vida sóbria e dura com as outras crianças. Durante o inverno o grande casarão permanecia frio, e os trabalhos não se interrompiam. Ela lavava roupa, varria os quartos, costurava. Enquanto isso as estações se sucediam. Com a cabeça raspada e o longo vestido de fazenda grosseira, às vezes, com a vassoura na mão, espiava pelos vidros da janela. Outono era a estação de que mais gostava porque não era preciso sair para vê-lo: atrás dos vidros as folhas caíam amareladas no pátio, e isso era o outono.

Nesse convento suíço, quando um homem pisava no patamar, lavava-se o chão e queimava-se álcool em cima. Depois vinha de novo o inverno, e as mãos se avermelhavam, abriam-se em feridas, a cama gelada impossibilitava o sono, e criava sonhos acordados. No dormitório escuro, com os olhos abertos sobre o lençol, ela espiava os pequenos pensamentos piscarem. De algum modo os pensamentos eram o paraíso.

Como e por que lhe veio aos vinte anos a determinação de sair do convento, não sei, nem ela soube explicar. Mas veio decidida, e contra todos. Era uma vontade obstinada, monótona, passiva. As Irmãs se espantaram, disseram que ela iria para o Inferno. Mas como Rosa não retrucava sequer com um argumento, venceu. Saiu, foi empregar-se como criada.

Saiu com sua trouxa pequena, a cabeça raspada, a saia nos calcanhares. "O mundo me pareceu..." – e ela não soube me explicar.

Com seu rosto de italiana do Sul, os olhos redondos e as formas que tardavam a se afirmar, foi morar com uma família recomendada. Lá permanecia dia e noite, meses a fio, sem ir à rua. Explicou-me que naquela época "não sabia sair". Usava apenas a maravilha do inverno fora do paraíso: espiava tudo pelas janelas abertas e ninguém diria se estava contente ou triste. Seu rosto ainda não sabia exprimir. Espiava pela janela aberta com a minúcia e a atenção de quem reza, com os braços cruzados e as mãos metidas nas mangas opostas.

Numa tarde em que tudo lhe pareceu vasto demais – uma tarde livre e sem trabalho era quase pecaminosa – sentiu que deveria se aplicar, ter um sentimento mais limitado e mais religioso: desceu as escadas, entrou na sala e tirou um livro da estante. Subiu de novo, sentou-se numa cadeira sem se encostar, pois ainda não aprendera a se dar prazeres, e começou a ler com grande austeridade. Mas a cabeça esférica, onde os cabelos já nasciam curtos e rígidos – a cabeça pôs-se então a flutuar. Fechou o livro, deitou-se, cerrou os olhos.

Esperaram-na para servir o jantar, mas ela não descia. Foram buscá-la. Seus olhos estavam crescidos, quentes, imóveis: ela ardia em febre. A dona da casa passou a noite a velá-la, mas nada havia a fazer, ela não se queixava, não pedia nada, e a febre a consumia. De manhã estava emagrecida, de olhos menos abertos. Assim passaram mais um dia e mais uma noite. Então chamaram o médico.

O médico perguntou o que lhe sucedera, pois ali estavam todos os sintomas de febre nervosa. Rosa não dizia nada, nem lhe ocorreria dizer, não estava habituada. Foi quando o médico olhou por acaso para a cabeceira da cama e viu o livro. Examinou-o e olhou-a espantado. O livro se chamava *Le corset rouge*. Ele disse que Rosa não podia de modo algum ler um livro assim. Que mal saíra do convento, e que sua inocência era perigosa. Rosa não respondia. Ele disse:

– Você não deve ler essas coisas, elas são mentira.

Só então Rosa abriu um pouco os olhos, pela primeira vez. O médico então jurou que o livro só dizia mentiras. Ele tinha jurado...

Então ela suspirou, sorriu tímida e triste:

– É que eu pensava que tudo o que se escreve num livro e que se publica é verdade, disse olhando com tanto pudor o primeiro homem bom.

O doutor disse – e quem pode imaginar o tom com que disse:

– Mas não é.

Ela dormiu magra e pálida. A febre diminuiu, ela se levantou. Aos poucos, com o tempo, as pessoas diziam: você tem cabelos muito pretos. Rosa dizia, tocando-se: é mesmo!

De como, aos quarenta anos, ficou tão alegre, não sei explicar. Cada gargalhada. Sei também que uma vez quis se suicidar. Não porque saíra do convento. Mas por amor. Ela explicou que naquela época do amor não sabia que "tudo era assim mesmo". Assim, como? não me respondeu. Hoje, dez anos mais velha que seu noivo, com quem dorme, ela ri sob a grande cabeleira e diz: não sei mesmo por que é que gosto mais do outono do que das outras estações, acho que é porque no outono as coisas morrem tão facilmente.

Também diz: não sou muito inteligente, tenho a impressão de que a senhora é mais do que eu. Também diz: "a senhora alguma vez já chorou como uma boba e sem saber por quê? pois eu já!" – e cai na gargalhada.

IRMÃOS

– Mas agora vamos brincar de outra coisa. Quero saber se o senhor é inteligente. Este quadro é concreto ou abstrato?

– Abstrato.

– Pois o senhor é burro. É concreto: fui eu que pintei, e pintei nele meus sentimentos e meus sentimentos são concretos.

– É, mas você não é todo concreto.

– Sou sim!

– Não é! Você não é todo concreto, porque seu medo não é concreto. Você não é completamente concreto, só um pouco.

– Eu sou um gênio e acho que tudo é concreto.

– Ah, eu não sabia que o senhor é um pintor famoso.

– Sou. Meu nome é Bergman. Maurício Bergman, sou sueco e sou um gênio. Nota-se pela minha fisionomia, olhe: eu sofro! Agora quero saber se o senhor entende de pintura. Aquele quadro é concreto?

– É, porque vê-se logo que é um mapa, pelas linhas.

– Ah, ééé? e aquele?

– Abstrato.

– Errado! Então aquele também tinha que ser concreto porque também tem linhas.

– Vou explicar ao senhor o que é concreto, é...

– ... está errado.

– Por quê?

– Porque eu não entendo. Quando eu não entendo, é porque você está errado. E agora quero saber: isto é *compreto*?

– O senhor quer dizer *concreto*.

– Não, é compreto mesmo. É porque sou um gênio e todo gênio tem que pelo menos inventar uma coisa. Eu inventei a palavra *compreto*. Música é compreta?

– Acho que é, porque a gente ouve, sente pelos ouvidos.

– Ah, mas o senhor não pode desenhar!

– O senhor acha que o teto é concreto?

– É.

– Mas se eu virasse essa parede e botasse ela na posição do teto, ela ia ficar uma parede-teto, e essa parede-teto ia ser concreto?

– Acho que talvez. Fantasma é concreto?

– Qual? o de lençóis?

– Não, o que existe.

– Bem... Bem, seria supostamente concreto.

– Mãe é concreto ou abstrato?

– Concreto, é claro, que burrice.

No quarto ao lado a mãe parou de coser, ficou com as mãos imóveis no colo, inclinando um coração que este batia todo concreto.

UM HOMEM PÚBLICO

Até que ponto terá sido compreensível para ele mesmo o seu próprio ato? Mal posso imaginar o seu desarvoramento solitário. Quando um ato irracional provoca monstruoso eco, o homem provavelmente se sente quase inocentado diante daquilo que seu grito provocou: de vibração em vibração, o desabar da avalanche. A verdade ele mesmo não sabe, talvez nunca saiba, pois já se afogou sob os pretextos. Ele foi "pessoal", o que é crime num homem público. O sacrifício de um líder ou de um santo ou de um artista – que chegaram àquilo que são exatamente por terem sido pessoais – é o de não o serem mais. A cruz de um homem é esquecer-se de sua própria dor. É nesse esquecer-se que acontece então o fato mais essencialmente humano, aquele que faz de um homem a humanidade: a dor própria adquire uma vastidão em que os outros todos cabem e onde se abrigam, são compreendidos; pelo que há de amor na renúncia da própria dor, os quase mortos se levantam. O verdadeiro sentido de Cristo seria a imitação de Cristo. O próprio Cristo foi a imitação de Cristo.

O Brasil inteiro poderia ter subido através do sofrimento daquele homem, através do que ele em si mesmo sabia sobre o medo, a ambição, e sobre a própria tendência ao desatino. Assim como a transcendência da vontade de matar está em, por se conhecer esse abismo, impedir que os outros matem. Mas aquele homem público se restringiu a si mesmo. Da grandeza dos defeitos humanos ele fez defeitos pequenos. Criminoso por pequenez. Era homem a ser ajudado, não a ajudar.

ANIVERSÁRIO

– Amanhã faço dez anos. Vou aproveitar bem este meu último dia de nove anos.

Pausa, tristeza:

– Mamãe, minha alma não tem dez anos.

– Quanto tem?

– Só uns oito.

– Não faz mal, é assim mesmo.

– Mas eu acho que se devia contar os anos pela alma. A gente dizia: aquele cara morreu com vinte anos de alma. E o cara tinha morrido mas era com setenta anos de corpo.

ANIVERSÁRIO

Começou a cantar, interrompeu-se e disse:

– Estou cantando em minha homenagem. Mas, mamãe, eu não aproveitei bem os meus dez anos de vida.

– Aproveitou muito bem.

– Não, não quero dizer aproveitar fazendo coisas, fazendo isso e fazendo aquilo. Quero dizer que não fui contente o suficiente. O que é? você está triste?

– Não. Vem cá para eu te beijar.

– Viu? eu não disse que você estava triste?! Viu quantas vezes você me beijou?! quando uma pessoa beija tanto outra é porque está triste.

NOTAS SOBRE DANÇA HINDU

O dançarino faz gestos hieráticos, quadrados, e para. É que parar por vários instantes também faz parte. É a dança do estatelamento: os movimentos param as coisas. O dançarino passa de uma imobilidade a outra, dando-me tempo para a estupefação. E muitas vezes sua imobilidade súbita é a ressonância do salto anterior: o ar parado ainda contém todo o tremor do gesto. Ele agora está inteiramente parado. Existir se torna sagrado como se nós fôssemos apenas os executantes da vida.

Esta é a dança do homem, que tem a ciência dos números e das alturas, e a quem uma veemência maior é permitida. Quanto à mulher hindu, ela não se espanta nem me espanta. Seus movimentos são tão continuados e envolventes como a imobilidade corredia de um rio. Tem as curvas longas das mulheres antigas. As cadeiras daquela ali são largas demais e reduzem as possibilidades de seu pensamento. São mulheres sem crueldade. E na dança muda renovam o primitivo sentido da graça. Mesmo a sensualidade é ainda a mesma graça, apenas um pouco mais intensa.

A plateia mal tolera, tão monótona é esta dança já determinada há séculos. E também porque é iniludível o nosso mal-estar diante do Oriente: é um outro modo de saber a vida, o deles. E depois há o outro mal-estar: sente-se que eles não acreditam em nós. Há então certos movimentos dos dançarinos que desanimam todo o Ocidente. Eles acreditam em máscaras, acreditam num amor maior: são coisas antigas, serenas demais.

O interminável programa que folheio anuncia agora que três mulheres dançarão "mostrando todo o encanto feminino". Que decepção. As três mulheres que aparecem mal se movimentam. Procura-se o "encanto feminino", e veem-se três mulheres se movendo tranquilas, como se isso bastasse. E o pior é que de repente basta. Como se nos dissessem: eis aqui a fruta mais rara, e nos mostrassem a laranja de todos os dias. Surpreendida vejo que a laranja é rara entre as mais raras.

Minha tendência a só ambicionar a saciedade espanta-se com o pouco que eles nos dão. Gordos e brancos, nós nos instaláramos nas poltronas, à espera das oferendas dos Reis Magos. Mas eles nos devolvem à nossa pobreza de saciados, tomando como tácito que a fome é simples. Dançam então sem malícia, expondo as costas a nossos dardos. A essa altura já temos vergonha de revelar-lhes que possuímos muito mais – não aquilo, é verdade, porém muito mais. Com um sorriso encabulado procuramos fazer as honras desse banquete de pobre, fingindo agradecidos que estamos comendo faisão. Com mal-estar, deixamos que nos descalcem e nos banhem com óleos. O que eles fazem sorridentes, límpidos, sem humildade. Será que o hábito antigo nos mandaria em seguida untar-lhes os pés escuros? Sinto que assim deveria ser. Mas o que me ofende é que eles nem sequer o esperam de nós.

A dança é tão calma que pouco a pouco aprofunda as horas. O programa não terminará jamais? Amarrada pelo fato de já estar no teatro, eles me torturam sem pressa, mostrando pouco a pouco como pés nus têm a mesma inteligência indicativa de mãos, como a pele escura é a mais certa, mostrando como é que se vivia atrás de uma Bíblia tão grande que até ímpia ela também é – fascinando-me com a repetição exaustiva da mesma verdade. Até que, de tanto olhar, compreendo especiarias, galeões, perfume de canela, e a importância dos rios se revela: as cidades se constroem ao lado de águas. O címbalo tem um som que passarei a chamar de "peregrino". Os espíritos puros só podem ser invocados com címbalos. Em torno dos tornozelos e dos pulsos os guizos revelam em leve som as intenções mais delicadas do corpo.

O programa impresso explica pacientemente o que sucederá no palco, eles não confiam na simples visão de nossos olhos. O programa fala do próximo número e diz, entre parênteses, que duas moças entrarão em cena jogando bola. Procuro em vão ao menos um gesto que simbolize a existência imaginária de uma bola. Até que eles me desarmam: sabem brincar sem brinquedo.

Mas os nomes dos dançarinos são doces e maduros, fazem bem à boca. Mrinalini, Usha, Anirudda, Arjuna. Suavidades um pouco acres, estranhamente reconhecíveis: já comi ou não comi dessas frutas? Só se foi enquanto eu, Eva, entediada experimentava das árvores.

Os músicos ficam sentados no próprio palco, sobre as pernas cruzadas iogamente. A música é um monólogo plangente, soa como o vento quando se tem um pouco de medo do vento. É uma melopeia invariável que foi transplantada de espaços maiores para o tamanho do teatro, assim como um animal de campo que dá voltas pacientes na jaula. Entre os músicos, um homem bem magro é o cantor. O canto é leve, parece inventado apenas pela garganta. E lentamente vai me adormecendo na cadeira, lentamente me hipnotizando em serpente.

A POSTERIDADE NOS JULGARÁ

Quando for descoberto o remédio preventivo contra gripe, as gerações futuras nunca mais poderão nos entender. Gripe é uma das tristezas orgânicas mais irrecuperáveis, enquanto dura. Ter gripe é ficar sabendo de muitas coisas que, se não fossem sabidas, nunca precisariam ter sido sabidas. É a experiência da catástrofe inútil, de uma catástrofe sem tragédia. É um lamento covarde que só outro gripado compreende. Como poderão os futuros homens entender que ter gripe nos era uma condição humana? Somos seres gripados, futuramente sujeitos a um julgamento severo ou irônico.

O QUARTO SECRETO, TEU QUARTO

Flores envenenadas na jarra. Roxas, azuis, encarnadas, atapetam o ar. Que riqueza de hospital. Nunca vi mais belas. Este então é o teu segredo. Teu segredo é tão parecido contigo que nada me revela além do que sei. E sei tão pouco como se o teu enigma fosse eu. Assim como tu és o meu.

"AD ETERNITATEM"

– Me disseram que a gente está no século XX, é?
– É.
– Mamãe, como nós estamos atrasados, meu Deus!

APROXIMAÇÃO GRADATIVA

Se eu tivesse que dar um título à minha vida seria: à procura da própria coisa.

ENTENDIMENTO

Todas as visitações que tive na vida, elas vieram, sentaram-se e não disseram nada.

LONGO, INFLADO DESCANSO

Que perfume, é domingo de manhã. O terraço está varrido. Liga o rádio, então. Almoçar tarde dá pensamentos, ele ri e dá-lhes uma forma. Se bebe água, mas domingo ninguém tem sede. E começa a ânsia de beber água sem o cansaço da sede. Às quatro horas da tarde hastearão a bandeira no pavilhão. (Mas do que ele tem mesmo medo é dessas noites felizes de domingo.)

PERFIL DE SERES ELEITOS

Era um ser que elegia. Entre as mil coisas que poderia ter sido, fora se escolhendo. Num trabalho para o qual usava lentes, enxergando o que podia e apalpando com as mãos úmidas o que não via, o ser fora escolhendo e por isso indiretamente se escolhia. Aos poucos se juntara para ser. Separava, separava. Em relativa liberdade, se se descontasse o furtivo determinismo que agira discreto sem se dar um nome. Descontado esse furtivo determinismo, o ser se escolhia livre. Guiava-o a vontade de descobrir o próprio determinismo, e segui-lo com esforço, pois a linha verdadeira é muito apagada, as outras são mais visíveis. Separava, separava. Separava o chamado joio do trigo, e o melhor, o melhor o ser comia. Às vezes comia o pior. A escolha difícil era comer o pior. Separava perigos do grande perigo, e era com o grande perigo que o ser, embora com medo, ficava. Só para sopesar com susto o peso das coisas. Afastava de si as verdades menores que terminou não chegando a conhecer. Queria as verdades difíceis de suportar. Por ignorar as verdades menores, o ser parecia rodeado de mistério; por ser ignorante, era um ser misterioso. Tornara-se também: um sabido ignorante; um sábio ingênuo; um esquecido que muito bem sabia; um sonso honesto; um pensativo distraído; um nostálgico sobre o que deixara de saber; um saudoso pelo que definitivamente perdera; e um corajoso por já ser tarde demais. Tudo isso, contraditoriamente, deu ao ser uma alegria sadia de camponês que só lida com o básico, embora não saiba qual é o filme do cinema. E tudo isso lhe deu a austeridade involuntária que todo trabalho vital dá. Escolha e ajuntamento não tinham hora certa de começar nem acabar, durava mesmo o tempo da vida.

Tudo isso, contraditoriamente, foi dando ao ser a alegria profunda que precisa se manifestar, expor-se e se comunicar. Nessa comunicação o ser era ajudado pelo seu dom inato de gostar. E isso nem juntara nem escolhera, era um dom mesmo. Gostava da profunda alegria dos outros, por dom inato descobria a alegria dos outros. Por dom, era também capaz de descobrir a solidão que os outros tinham em relação à própria alegria mais profunda. O ser, também por dom, sabia brincar. E por nascença sabia que gestos, sem ferir com o escândalo, transmitiam o gosto que sentia pelos outros. Sem mesmo sentir que usava o seu dom, o ser se manifestava; dava, sem perceber quando dava, amava sem perceber que a isso chamavam amor. O dom, na verdade, era como a falta de camisa do homem feliz: como o ser era muito pobre e não tinha o que dar, o ser se dava. Dava-se em silêncio, e dava o que juntara de si, assim como quem chama os outros para verem também. Tudo isso com discrição, pois se tratava de ser tímido. Também era com discrição que o ser via no outros o que os outros tinham juntado deles mesmos; o ser sabia como era difícil descobrir a linha apagada do próprio destino, como era difícil não perdê-la cuidadosamente de vista, cobri-la com o lápis, errando, apagando, acertando.

Foi assim que o equívoco passou a rodear o ser. Os outros acreditaram de um modo quase simplório que estavam vendo uma realidade imóvel e fixa, e olhando o ser como se olha um retrato. Um retrato muito rico. Não compreenderam que para o ser, ter se reunido, fora trabalho de despojamento e não de riqueza. E, por equívoco, o ser foi eleito. Por equívoco o ser era amado. Mas sentir-se amado seria reconhecer-se a si mesmo no amor. E aquele ser era amado como se fosse um outro ser: como se fosse um ser eleito. O ser verteu as lágrimas de uma estátua que de noite na praça chora sem se mexer sobre o seu cavalo de mármore. Falsamente amado, o ser estava doendo todo. Mas quem o elegera não lhe dava a mão para descer do cavalo de dura prata, nem queria subir ao cavalo de pesado ouro. Dor de pedra era a do ser se quebrando sozinho na praça. Enquanto isso, os seres que o haviam elegido dormiam. De medo? mas dormiam. Nunca o escuro fora maior na praça. Até que amanhecia. O ritmo da Terra era tão generoso que amanhecia. Mas de noite, quando chegava a noite, de novo escurecia. A praça de novo crescia. E de novo, os que o haviam elegido dormiam. De medo, talvez, mas dormiam. Tinham medo porque pensavam que teriam de morar na praça? Não sabiam que a praça fora apenas o lugar de trabalho do ser. Mas que, para andar, ele não queria uma praça. Os que dormiam não sabiam que a praça fora a guerra para o ser eleito, e que a guerra pretendera exatamente conquistar o lado de fora da praça. Pensavam, os que dormiam, que o ser eleito, para onde fosse, abriria uma praça como quem desenrola a tela onde pintar. Não sabiam que a tela, para o ser eleito, fora apenas o modo de calcular num mapa o mundo para onde o ser eleito queria ir. O ser preparara-se a vida toda para ser apto ao lado de fora da praça. É verdade que o ser, ao se sentir pronto assim como quem se banhou com óleos e perfumes, o ser eleito vira que não lhe havia sobrado tempo para aprender a sorrir. Mas é verdade que isso não incomodara o ser, pois que era ao mesmo tempo a sua grande expectativa: o ser havia deixado toda uma terra para lhe ser dada por quem quisesse lhe dar. O cálculo de sonho do ser fora deixar-se propositadamente incompleto.

Mas alguma coisa falhara. Quando o ser se via no retrato que os outros haviam tirado, espantava-se humilde diante do que os outros haviam feito dele. Haviam feito dele, nada mais, nada menos, que um ser eleito; isto é, haviam-no sitiado. Como desfazer o equívoco? Por simplificação e economia de tempo, haviam fotografado o ser. E agora não se referiam ao ser, referiam-se à fotografia. Bastava aliás abrir a gaveta para tirar de dentro o retrato. Qualquer um, aliás, conseguia uma cópia. Custava barato, aliás.

Quando diziam para o ser: eu te amo (mas e eu? e eu? por que não a mim também? por que só ao meu retrato?), o ser se perturbava porque nem ao menos podia agradecer: não tinha o que agradecer. E não reclamava, pois sabia que os outros não erravam por maldade, os outros tinham se dado a uma fotografia, e as pessoas não brincam: têm muito a perder. E não podiam arriscar: seria a fotografia, ou nada. O ser, por uma questão de bondade, tentava às vezes imitar a fotografia a fim de valorizar o que os outros tinham, isto é, a fotografia. Mas não conseguia manter-se à altura simplificada do retrato. E às vezes se confundia todo: não aprendia a copiar o retrato, e esquecera-se de como era sem o retrato. De modo que, como se diz do palhaço que ri, o ser às vezes chorava sob a sua caiada pintura de bobo da corte.

Então o ser eleito tentou um trabalho subterrâneo de destruição da fotografia. Fazia ou dizia coisas tão opostas à fotografia que esta se eriçava na gaveta. Na esperança de se tornar mais atual que a própria imagem, e esta ter que ser substituída por menos: pelo próprio ser. Mas o que aconteceu? Aconteceu que tudo o que o ser fazia só ia mesmo era retocar o retrato. O ser se tornara mero contribuinte. E contribuinte fatal: já não importava o que o contribuinte desse, não importava mais que o contribuinte não desse, tudo, e mesmo morrer, enfeitava a fotografia.

E assim foi indo. Até que, profundamente desiludido nas mais ingênuas aspirações, o ser eleito morria assim como se morre. Terminou tentando descer sozinho com grande esforço do cavalo de pedra, levou várias quedas, mas afinal aprendeu a passear sozinho. E, como se diz, nunca a terra lhe pareceu tão bela. Reconheceu que aquela era exatamente a terra para a qual se preparara: não errara, pois, o mapa do tesouro tinha as indicações certas. Passeando, o ser tocava em todas as coisas, e com um sorriso. O ser aprendera sozinho a sorrir. Um belo dia,...

ESCREVER, PROLONGAR O TEMPO

Não posso escrever enquanto estou ansiosa ou espero soluções porque em tais períodos faço tudo para que as horas passem; e escrever é prolongar o tempo, é dividi-lo em partículas de segundos, dando a cada uma delas uma vida insubstituível.

RECONHECENDO O AMOR

– Este aqui, disse ela apontando o filho menor com um sorriso de carinho, eu só tive porque descobri tarde demais e já não havia mais jeito de tirar fora.

O menino abaixou os olhos e sorriu com modéstia.

DOIS MODOS

Como se eu procurasse não aproveitar a vida imediatamente, mas só a mais profunda, o que me dá dois modos de ser: em vida, observo muito, sou "ativa" nas observações, tenho o senso do ridículo, do bom humor, da ironia, e tomo um partido. Escrevendo, tenho observações "passivas", tão interiores que "se escrevem" ao mesmo tempo em que são sentidas quase sem o que se chama de processo. É por isso que no escrever eu não escolho, não posso me multiplicar em mil, me sinto fatal a despeito de mim.

UMA PORTA ABSTRATA

Sob certo ponto de vista, considero fazer coisas abstratas como o menos literário. Certas páginas, vazias de acontecimento, me dão a sensação de estar tocando na própria coisa, e é a maior sinceridade. É como se eu esculpisse – qual é a mais verdadeira escultura de um corpo? o corpo, a forma do corpo, a expressão da própria forma do corpo – e não a expressão "dada" ao corpo. Uma Vênus nua, em pé, "inexpressiva", é muito mais do que a ideia literária de Vênus. Estou chamando "ideia literária de Vênus", uma Vênus, por exemplo, que tivesse no rosto um sorriso de Vênus, um olhar de Vênus, como um título. A Vênus de Milo – é uma mulher abstrata. (Se eu desenhar num papel, minuciosamente, uma porta, e se eu não lhe acrescentar nada meu, estarei desenhando muito objetivamente uma porta abstrata.)

BERNA

O forasteiro, tendo diante dos olhos essa beleza perfeita, não saberá talvez elucidar o seu mistério: a cena suíça tem um excesso de evidência de beleza. Após a primeira sensação de facilidade, segue-se a ideia do indevassável. Cartão-postal, sim. Mas aos poucos a imobilidade e o equilíbrio começam a inquietar.

Olha-se para as montanhas ao longe, e é o tonto e tranquilo espaço. Mas na pequena cidade alta, de casas e igrejas apertadas por muros que já tombaram, há uma concentração íntima e severa. Na cidade de torres, becos, ogivas e silêncio, o Demônio terá sido expulso para além dos Alpes. Sem o Demônio, restou uma paz perturbadora, marcas de uma vida que se formou com dureza, o punho da Reforma, sinais de conquista lenta, aperfeiçoamento obstinado e penoso.

Obstinação de manter afastado o Demônio? Obstinação que se trabalha nessa ânsia tão suíça de limpeza, vontade de copiar em terra a clareza do ar, obediência à lei de nitidez que a montanha, na sua implacável fronteira, dita. Vontade de imolar a coisa humana, fatalmente impura e desordenada, à límpida abstração dessa natureza. A ordem não é mais um meio, é necessidade em si mesma moral. A ordem é o único ambiente onde um homem suíço pode, na Suíça, respirar. Fora da Suíça, ele se espanta, encantado com aquele Demônio que ele mesmo expulsou.

Nas ruas, os rostos ascéticos, economia de expressão. E nessa expressão pacífica e pesada, uma força silenciosa que lembra a do fanatismo. Disse alguém que o suíço não é soldado, é guerreiro. Pois se o suíço é guerreiro, a mulher suíça é mulher de guerreiro. É um ser severo e duro, votado para algum sacrifício. Ei-la no concerto da Catedral, o rosto sem pintura, impassível, banhando-se, com um prazer que mal se manifesta, nos sons do órgão e nas vozes altas do coro, música purificada que responde à alegria austera desse povo. A mulher não se encostará completamente à cadeira, manter-se-á um pouco solene e indecifrável, sem o encanto da moleza, mas com alguma graça puritana que reponta não sei de onde, vencendo um modo de se vestir que tem pudor da vaidade.

Esse pudor é vencido na primavera, e timidamente ousa. Aparecem blusas claras, pequenas golas brancas surgem nos vestidos escuros, delicada contribuição feminina à luz. Os velhos se sentam sérios nos jardins: essa é a terra dos velhos respeitáveis. Dos bancos eles contemplam os lagos brilhantes, os Alpes nevados, o ar de apressada alegria em cada ramo. Depois virá o estio, e no morno perfume as linhas se tornam mais ásperas, as flores mais urgentes e violentas, o vento felizmente traz alguma poeira. Esporte, esporte, esporte – que é um desabrochamento sem demônios. O outono vem e escurece águas; não se ouvem sons de caçadas, mas compra-se caça; montanhas, superfícies, pequenas formas, tudo tomará, sob o vento mais frio e uma luz sem sol, uma intimidade de lar. Então vem o inverno: esporte, esporte, esporte.

Mas por enquanto é de novo a primeira primavera e mal se tem tempo de manter-se nela um pouco mais: sob as pontes de Berna o rio frígido corre ligeiro. Claridade, silêncio, mistério: é o que vejo de uma janela de Berna.

A VINGANÇA E A
RECONCILIAÇÃO PENOSA

Eu ia andando pela Avenida Copacabana e olhava distraída edifícios, nesga de mar, pessoas, sem pensar em nada. Ainda não percebera que na verdade não estava distraída, estava era de uma atenção sem esforço, estava sendo uma coisa muito rara: livre. Via tudo, e à toa. Pouco a pouco é que fui percebendo que estava percebendo as coisas. Minha liberdade então se intensificou um pouco mais, sem deixar de ser liberdade. Não era *tour de propriétaire*, nada daquilo era meu, nem eu queria. Mas parece-me que me sentia satisfeita com o que via.

Tive então um sentimento de que nunca ouvi falar. Por puro carinho, eu me senti a mãe de Deus, que era a terra, o mundo. Por puro carinho, mesmo, sem nenhuma prepotência ou glória, sem o menor senso de superioridade ou igualdade eu era por carinho a mãe das coisas. Soube também que se tudo isso "fosse mesmo" o que eu sentia, e não possivelmente um equívoco de sentimento, que Deus sem nenhum orgulho e nenhuma pequenez se deixaria acarinhar, e sem nenhum compromisso comigo. Ser-Lhe-ia aceitável a intimidade com que eu fazia carinho. O sentimento era novo para mim, mas muito certo, e não ocorrera antes apenas porque não tinha podido ser. Sei que se ama ao que é Deus. Com amor grave, amor solene, respeito, medo e reverência. Mas nunca tinham me falado de carinho maternal. E assim como meu carinho por um filho não o reduz, até que o alarga, assim ser mãe do mundo era o meu amor apenas livre.

E foi quando quase pisei num rato morto. Em menos de um segundo estava eu eriçada pelo terror de viver, em menos de um segundo estilhaçava-me toda em pânico, e controlava como podia o meu mais profundo grito. Quase correndo, cega entre as pessoas, terminei encostada a um poste, cerrando violentamente os olhos, que não queriam mais ver. Mas a imagem colava-se às pálpebras: um rato ruivo, de cauda enorme, com os pés esmagados, e morto, quieto, ruivo.

Toda trêmula consegui continuar a viver. Toda perplexa continuei a andar, com a boca infantilizada pela surpresa. Tentei cortar a conexão entre os dois fatos: o que eu sentira minutos antes e o rato. Mas era inútil. Pelo menos a contiguidade ligava-os. Os dois fatos tinham ilogicamente um nexo. Espantava-me que um rato tivesse sido o meu contraponto. E a revolta de súbito me tomou: então não podia eu me entregar desprevenida ao amor? De que estava Deus querendo me lembrar? Não sou pessoa que precisa ser lembrada de que dentro de tudo há o sangue! Não só não esqueço o sangue de dentro como eu o admito e o quero, sou demais o sangue para esquecer o sangue, e para mim a palavra espiritual não tem sentido, e nem a palavra terreno tem sentido. Não era preciso ter jogado na minha cara tão nua um rato! não naquele instante! bem poderia ter sido levado em conta o pavor que desde a pré-história me alucina e persegue, os ratos já riram de mim, no passado do mundo os ratos já me devoraram com pressa e raiva! Então era assim? eu andando pelo mundo sem pedir nada, sem precisar de nada, amando de puro amor inocente, e Deus a me mostrar o seu rato? A grosseria de Deus me feria e insultava-me. Deus era bruto. Andando com o coração fechado, minha decepção era tão inconsolável como só em criança fui decepcionada. Eu, que em criança havia crescido depressa demais só para escapar dos abusos de minha infância. Continuei andando, procurava esquecer. Mas só me ocorria a vingança. Mas que vingança poderia eu contra um Deus Todo-Poderoso, contra um Deus que até com um rato esmagado podia me esmagar? Minha vulnerabilidade de criatura só. Na minha vontade de vingança nem ao menos eu podia encará-Lo, pois eu não sabia onde é que Ele mais estava, qual seria a coisa onde Ele mais estava e que eu, olhando com raiva essa coisa, eu O visse? no rato? naquela janela? nas pedras do chão? Em mim é que Ele não estava mais! Em mim é que eu não O via mais.

Então a vingança dos fracos me ocorreu: ah, é assim? pois então não guardarei segredo, e vou contar! sei que é ignóbil ter entrado na intimidade de alguém, e depois contar os segredos, mas vou contar – não conte, só por carinho não conte, guarde para você mesma as vergonhas Dele – mas vou contar, sim, vou espalhar isso que me aconteceu, dessa vez não vai ficar por isso mesmo, vou contar o que Ele fez, vou estragar a Sua reputação.

... mas quem sabe, foi porque o mundo também é rato, e eu tinha pensado que já estava pronta para o rato também. Porque eu me imaginava mais forte. Porque eu fazia do amor um cálculo matemático errado: pensava que, somando as compreensões, eu amava. Não sabia que, somando as incompreensões, é que se ama. Porque eu, só por ter tido carinho, pensei que amar é fácil. É porque eu não quis o amor solene, sem compreender que a solenidade ritualiza a incompreensão e a transforma em oferenda. E é também porque sempre fui de brigar muito, meu modo é brigando. É porque sempre tento chegar pelo meu modo. É porque ainda não sei ceder. É porque no fundo eu quero amar o que eu amaria – e não o que é. É porque eu ainda não sou eu mesma, e então o castigo é amar um mundo que não é ele. É também porque eu me ofendo à toa. É porque eu esqueço que quem nasceu depois fui eu. É porque talvez eu precise que me digam com brutalidade, pois sou muito teimosa. É porque sou muito possessiva e então me foi perguntado com alguma ironia se eu também queria o rato para mim. É porque só poderei ser mãe de uma árvore quando puder pegar um rato na mão. Sei que nunca poderei pegar num rato sem morrer de minha pior morte. Então, pois que eu use o *magnificat* que entoa às cegas sobre o que não sabe nem vê. E que eu use o formalismo que me afasta. Porque o formalismo não tem ferido a minha simplicidade, e sim o meu orgulho, pois é pelo orgulho de ter nascido que me sinto tão íntima do mundo, mas este mundo que ainda extrai de mim um grito. Porque o rato existe tanto quanto eu, e talvez nem eu nem o rato sejamos para ser vistos por nós mesmos, a distância nos iguala. Talvez eu tenha que aceitar antes de mais nada esta minha natureza que quer a morte de um rato. Talvez eu me ache delicada apenas porque não cometi os meus crimes. Só porque contive os meus crimes eu me acho de amor inocente. Talvez eu não possa olhar o rato enquanto não olhar sem lividez esta minha alma que é apenas contida. Talvez eu tenha que chamar de "mundo" esse meu modo de ser um pouco de tudo. Como posso amar a grandeza do mundo se não posso amar o tamanho de minha natureza? Enquanto eu imaginar que "Deus" é bom só porque eu sou ruim, não estarei amando a nada: será apenas o meu modo de me acusar. Eu, que sem nem ao menos ter me percorrido toda, já escolhi amar o meu contrário, e ao meu contrário quero chamar de Deus. Eu, que jamais me habituarei a mim, estava querendo que o mundo não me escandalizasse. Porque eu, que de mim só consegui foi me submeter a mim mesma, pois sou tão mais inexorável do que eu, eu estava querendo me compensar de mim mesma com uma terra menos violenta que eu. Porque enquanto eu amar a um Deus só porque não me quero, serei um dado marcado, e o jogo de minha vida maior não se fará. Enquanto eu inventar Deus, Ele não existe.

"AS APARÊNCIAS ENGANAM"

Minha aparência me engana.

"NEM TUDO O QUE RELUZ É OURO"

Então não apanhei no chão o que reluzia. Era ouro, meu Deus. Era ouro, talvez.

ESPERANÇA

Custei um pouco a compreender o que estava vendo. Estava vendo um inseto pousado, verde, de pernas altas. Era uma "esperança" verde, o que sempre me disseram que é de bom augúrio. Depois a esperança começou a andar bem de leve sobre o colchão. Era verde-claro, com pernas que mantinham seu corpo em plano alto e solto, um plano tão quebradiço quanto as próprias pernas que eram feitas apenas da cor da casca. Dentro do fiapo das pernas não havia nada dentro: o lado de dentro de uma superfície tão rasa já é a outra própria superfície. Parecia com um raso desenho que tivesse saído do papel e, verde, andasse. Mas andava, se sonâmbulo, determinado. Sonâmbulo: uma folha mínima de árvore que tivesse ganho a independência solitária dos que seguem o apagado traço de um destino. Ela, a esperança, andava com uma determinação de quem copiasse um traço que era invisível para mim. Sem tremor ela andava. Seu mecanismo interior não era trêmulo, mas tinha o estremecimento regular do mais frágil relógio. Como seria o amor entre duas esperanças? Verde e verde, e depois o mesmo verde, que, de repente, por vibração de verdes, se torna verde. Amor predestinado pelo seu próprio mecanismo aéreo. Mas onde estariam nela as glândulas de seu destino, e as adrenalinas de seu seco e verde interior? Pois era um ser oco, um enxerto de gravetos, simples atração eletiva de linhas verdes. Eu? Eu. Nós? Nós. Nessa magra esperança de pernas altas, que caminharia sobre um seio sem nem sequer acordar o resto do corpo, nessa esperança que não pode ser oca, pois não existe linha oca, nessa esperança a energia atômica sem tragédia se encaminha em silêncio. Nós? Nós.

A MUDEZ CANTADA,
A MUDEZ DANÇADA

Quase não era canto, no sentido em que este é aproveitamento musical da voz. Quase não era voz, no sentido em que esta tende a dizer palavras. É antes da voz ainda, é fôlego. Uma palavra ou outra às vezes escapava, revelando de que era feita aquela mudez cantada: de história de viver, amar, e morrer. Essas três palavras não ditas eram interrompidas por lamentos e modulações. Modulações de fôlego, primeiro estágio de voz que capta o sofrimento no seu primeiro estágio de gemido, e capta a alegria no seu primeiro estágio de gemido. E de grito. E mais outro grito, este de alegria por se ter gritado. Em torno a assistência aconchegava-se escura e suja. Depois de uma das modulações que de tão prolongada morre em suspiro, o grupo esgotado como o cantor murmura um "olé" em amém, última brasa.

Mas há também o canto impaciente que a voz apenas não exprime: então um sapateado nervoso e firme o entrecorta, o "olé" que o interrompe a cada instante não é mais amém, é incitamento, é touro negro. O cantor, de dentes quase cerrados, dá à voz a cegueira da raça, mas os outros exigem mais e mais, até conseguirem o instante de espasmo: Espanha.

Ouvi também o canto ausente. É feito de um silêncio cortado de gritos da assistência. Dentro da clareira de silêncio, em semente ardente, um homem pequeno, seco, escuro, de mãos nas ilhargas, cabeça atirada para trás, marca com o duro taco dos sapatos o ritmo incessante do canto ausente. Nenhuma música. E nem é uma dança. O sapateado é antes da dança organizada – é o corpo manifestando-se e manifestando-nos, pés transmitindo até à ira em linguagem que Espanha entende. A assistência se concentra em fúria no próprio silêncio. De quando em quando a provocação rouca de uma cigana, toda de carvão e trapos vermelhos, em quem a fome se tornou ardor e ameaça. Não era espetáculo, não se assistia: quem ouvia era tão essencial como quem batia os pés em silêncio. Até a exaustão nos comunicamos durante horas através dessa linguagem que, se algum dia teve palavras, estas foram se perdendo pelos séculos – até que a tradição oral passou a ser transmitida de pai para filho apenas como ímpeto de sangue.

E vi o par da dança flamenca. Não vi outra em que a rivalidade entre homem e mulher se pusesse tão a nu. Tão declarada é a guerra que não importam os ardis: por momentos a mulher se torna quase masculina, e o homem a olha admirado. Se o mouro em terra espanhola é o mouro, a moura perdeu diante da aspereza basca a moleza fácil: a moura espanhola é um galo até que o amor a transforme em Maja.

A conquista difícil nessa dança. Enquanto o dançarino fala com os pés teimosos, a dançarina percorrerá a aura do próprio corpo com as mãos em ventarola: assim ela se imanta, assim ela se prepara para tornar-se tocável e intocável. Mas quando menos se espera, sua botina de mulher avançará e marcará de súbito três pancadas. O dançarino se arrepia diante dessa crua palavra, recua, imobiliza-se. Há um silêncio de dança. Aos poucos o homem ergue de novo os braços, e precavido – com temor e não pudor – tenta com as mãos espalmadas sombrear a cabeça orgulhosa da companheira. Rodeia-a várias vezes e por momentos já se expõe quase de costas para ela, arriscando-se quem sabe a que punhalada. E se não foi apunhalado é que a dançarina de súbito reconheceu-lhe a coragem: este então é o seu homem. Ela bate os pés, de cabeça erguida, em primeiro grito de amor: finalmente encontrou seu companheiro e inimigo. Os dois recuaram eriçados. Reconheceram-se.

A dança propriamente dita se inicia. O homem é moreno, miúdo; obstinado. Ela é severa e perigosa. Seus cabelos foram esticados, essa vaidade da dureza. É tão essencial essa dança que mal se compreende que a vida continue depois dela: este homem e esta mulher morrerão. Outras danças são a nostalgia dessa coragem. Esta dança é a coragem. Outras danças são alegres. A alegria desta é séria. Ou a alegria é dispensada. É um triunfo mortal de viver o que importa. Os dois não riem, não se perdoam. Compreendem-se? Nunca pensaram em se compreender, cada um trouxe a si mesmo como único estandarte. E quem for vencido – nessa dança os dois são vencidos – não se adoçará na submissão, terá aqueles olhos finalmente espanhóis, secos de amor e raiva. O esmagado – os dois serão esmagados – servirá vinho ao outro como um escravo. Embora nesse vinho, quando vier a paixão do ciúme, possa estar a morte. O que sobreviver se sentirá vingado. Mas para sempre sozinho. Porque só esta mulher era a sua inimiga, só este homem era o seu inimigo, e eles se tinham escolhido para a dança.

A ESCRITORA

O busto grande, quadris largos, olhos castos, castanhos e sonhadores. Uma vez ou outra exclama. Disse com ar alegre, aflito, muito rápido para que não a ouvissem totalmente: acho que não podia ser escritora, sou tão... tão...!

Um dia, escondida de si mesma, anotou no caderno de despesas algumas frases sobre o Pão de Açúcar. Só algumas palavras, ela era resumida. Muito tempo depois, numa tarde em que estava só, lembrou-se que escrevera alguma coisa sobre alguma coisa – o Corcovado? o mar? Foi procurar o caderno de despesas. Por toda a casa. Móvel por móvel. Abria caixas de sapatos na esperança de ter sido tão misteriosa a ponto de guardar o escrito numa caixa de sapatos. Teria sido uma boa ideia. Aos poucos a sufocação crescia, ela passava a mão pela testa – agora era mais do que o caderno de despesas que ela procurava, não, exatamente o caderno de despesas, vejamos, paciência, procuremos de novo. O que estaria escrito no caderno? A esperança: o que teria ela escrito? Procuremos, é questão de força de vontade, é questão de ir e pegá-lo. Que desastre – dizia imóvel no meio da sala, sem direção, sem saber onde procurar, que desastre. Seus olhos estavam doces, o que estava fatalmente perdido pesava sobre o seu destino e a submetia: seus olhos estavam doces, castanhos. A sala, calma, à tarde. E em alguma parte havia uma coisa escrita. Desabotoou a gola da blusa. Não desanime, dizia-se, procure entre os papéis, entre as cartas, entre as raras notícias que lhe mandavam. Ah, tivessem lhe escrito mais e ela teria muitos papéis e teria onde procurar. Mas sua vida ordenada era exposta, tinha poucos esconderijos, era limpa. Na sua casa o único esconderijo era ela mesma. Mas que felicidade ter móveis, caixas onde encontrar por acaso. Tinha aonde procurar indefinidamente.

Foi o que continuou a fazer uma vez ou outra através de vários anos. De vez em quando se lembrava do caderno de despesas num sobressalto de esperança. Até que, depois de vários outros anos, um dia ela disse:

– Quando eu era mais moça, escrevia umas coisas.

UM HOMEM ESPANHOL

Não era Pepe apenas, não era guia apenas. No calor do verão, o rosto intumescido pela bebida que mal se evaporava era substituída por outra, o homem parou no meio de uma ruela branca e sombria de Córdoba, olhou-nos e disse bem lento para que a frase penetrasse a nossa lentidão:

– Ustedes no tienen un guía. Ustedes tienen – Pepe El Guía!

Paramos, atentos ao que deveria ser uma coincidência singular. Qual? Pepe El Guía imobilizara-se com os olhos úmidos de emoção, vinho, calor e desespero. Devia ser extraordinário e pesado ser Pepe El Guía. Ainda parado, o rosto escorrendo suor, com a roupa escura da elegância a que era obrigado, ele esperava que através de seu próprio silêncio intenso compreendêssemos. Olhávamos com os olhos franzidos pelo sol. Até que fraca brisa passou por nós. A coincidência seria a de ser ele Pepe El Guía, a de uma pessoa ser ela mesma, a de ser espanhol entre tantas outras possibilidades, a de estar sob o céu tão nu de Córdoba quando no mesmo instante chovia em Londres: o milagre das coincidências passou por nós em fraca brisa, enxugamos a testa com o lenço.

Em torno a cidade se estendia doce e quente. Insuportavelmente doce, cheia de cegos indecisos e de mulheres mais indecisas ainda. Havia no entanto uma aspereza. De onde vinha? procuramos com os olhos franzidos. Vinha dos sonhos destemidos daqueles rapazes que sonolentavam à porta dos cafés. Vinha da vontade de escapar que se adivinhava como uma emboscada na calmaria. Cidade perigosa, aquela.

E no meio da devastação do calor, fonte de uma aspereza, erguia-se o nosso homem, embriagado pela sua própria altura: soy Pepe El Guía, repetiu de braços abertos, e a crucificação o exaltava. Como se Pepe El Guía fosse uma abstração preexistente, e ele, um simples pepe, um simples guia, se tivesse encarnado no símbolo. Diante de nossa mudez, que não vinha do respeito, mas da absoluta falta de saber o que replicar, ele nos confortou:

– Pero ustedes tienen un amigo en Pepe El Guía.

Por que o dizia com tristeza? Triste, valoroso, bêbado, a dominar melancolicamente o que só ele via nas casas brancas e modestas de Córdoba, e nós também, por um instante de graça perturbada. Intimidados, agradecemos, repetimos várias vezes atropeladas o mesmo agradecimento. Era um amigo, sim. Amizade paga, mas com todo o desespero da amizade: éramos amigos, e no entanto que poderíamos dar um ao outro? Senão reconhecermo-nos. Nós reconhecíamos nele Pepe El Guía. Em nós ele reconhecia aqueles que o reconheciam.

Amigo suscetível, o daquela tarde. Uma palavra descuidada nossa ofendia-o, um gesto de dúvida apenas esboçado feria-o – ele imediatamente parava, recuava, dando espaço ao desembainhar de alguma espada. Apressados, explicávamos a falta de intenção de ofendê-lo. Sobretudo assegurávamos-lhe nossa confiança irrestrita nas suas informações de datas vaguíssimas, onde a História da Espanha se entremeava à de turistas ingleses, "amigos seus para sempre". Ele ouvia as desculpas, examinava-as antes de aceitá-las, hesitava longamente, ainda ameaçador. Aguardávamos ansiosos e bastante enjoados. Aquela tarde se transformara em luta pela dignidade humana. Afinal, num repente, Pepe El Guía se reconciliava conosco e prosseguia ainda mais ardente na amizade fortificada pelo desentendimento.

Verdade é que de Córdoba soubemos pouco mais do que sabíamos. Por nossa conta sabíamos que as noites cheiravam a nardo e a jasmim, sabíamos do que víamos e pressentíamos. Mas de dom Pepe soubemos que não havia alma viva em Córdoba que não o louvasse. Nem perguntávamos por quê, nem ele dizia. "Em Córdoba apenas?", perguntava-nos insultado. "Não!", respondia ele próprio de braços abertos, "na Espanha inteira!" "Na Espanha apenas?", perguntava-nos de novo. Fazia uma pausa quase de dor. Nós sabíamos que ele mesmo responderia. De repente ele cedia: "Marrocos, Argel, Egito..." Os estranhos comércios que aquele homem já fizera. Trocara cavalos, decerto alheios, por tâmaras e azeitonas, vendera uma caravana de camelos a alguém cujo nome "infelizmente não poderia ser mencionado". Comércio de muita antiguidade, mais aventura que comércio, mais viagem que proveito, mais vida que dinheiro. Infelizmente não se poderia mencionar que vida, mas sempre aureolada pela sua irrealizada tragédia, a mesma que ainda o fazia desafiar de peito nu o inimigo que jamais vinha, pois ele era apenas um amado. Não fora por falta de se expor. Via-se que se dispusera a morrer aos vinte anos, mas o seu próprio destino trágico, aquele que por direito lhe pertencia, fora-lhe espoliado. A tragédia que não se realizara fazia de dom Pepe um ser flechado, um rei de sessenta anos. Porque era um rei, aquele ladrão.

Quanto à família de dom Pepe, não era somente a mulher aciganada, e os inúmeros filhos de sua prodigalidade. Sustentava também esposa e os filhos de seu irmão morto na guerra civil, sustentava também a esposa e os filhos do cunhado morto na guerra civil e mais duas parentas de preto pela guerra civil – e tudo amontoado sob o mesmo teto e tudo fazendo sesta na mesma casa, tudo abandonado às moscas. Ele nos obrigou a visitá-los, à sua família, e à porta mostrou-os com um gesto largo que não se sabia se de orgulho ou acusação: aquela gente era a sua chaga aberta. E quem diz família que veja bandos de mulheres que de tão doces já haviam açucarado, abanando-se no pátio com os olhos entrefechados, as criminosas. Que veja meninos e rapazes de quadris estreitos, todos sonambulizados para o trabalho pela esperança de tourear. Ou pela esperança. E que calcule o preço das grandes comidas que são necessárias para alimentar tanto sonho.

O que não impediu que dom Pepe por um triz não puxasse da espada quando tentamos pagar o "xerez especial que só Pepe El Guía conhece e oferece". Ofendido na raça, trêmulo no hábito secular da indignação: "ustedes me matan!"

Uma vez consolado pela própria revolta, sem dificuldade deixou-nos pagar o xerez, e com galanteria aceitou nossa gratidão por ter nos dado a oportunidade de conhecer bebida tão rara que qualquer venda espanhola servia. Nunca homem nenhum nos tapeou tanto, mas nossa contribuição a seu senso de tragédia era deixarmo-nos tapear. O jogo porém era intenso e nós já definhávamos. Enquanto isso, dom Pepe, ainda emocionado com o drama de uma amizade quase desfeita por mera questão de dinheiro, dom Pepe, em sinal de magnanimidade, com a mão no peito, disse-nos que provaria o seu perdão aceitando mais dois *copitos*. Para a nossa confusão e vergonha, havíamos esquecido de lhe oferecer, o que ele também perdoava – e isso mesmo só porque não éramos espanhóis, o que não era culpa nossa. Muito sabido e triste, aquele homem. Exaurida pela vida de dom Pepe, fui para o hotel dormir a sesta entre as moscas de Córdoba.

O LÍDER

O sono do líder é agitado. A mulher sacode-o até acordá-lo do pesadelo. Estremunhado, ele se levanta, bebe um gole de água. Diante do espelho refaz uma expressão de homem de meia-idade, alisa os cabelos das têmporas, volta a se deitar. Adormece e a agitação recomeça. "Não, não!", debate-se ele com a garganta seca.

O líder se assusta enquanto dorme. O povo ameaça o líder? Não, pois se líder é aquele que guia o povo exatamente porque aderiu ao povo. O povo ameaça o líder? Não, pois se o povo escolheu o líder. O povo ameaça o líder? Não, pois o líder cuida do povo. O povo ameaça o líder?

Sim, o povo ameaça o líder do povo. O líder revolve-se na cama. De noite ele tem medo. Mas o pesadelo é um pesadelo sem história. De noite, de olhos fechados, vê caras quietas, uma cara atrás da outra. E nenhuma expressão nas caras. É só este o pesadelo, apenas isso. Mas cada noite, mal adormece, mais caras quietas vão se reunindo às outras, como na fotografia de uma multidão em silêncio. Por quem é este silêncio? Pelo líder. É uma sucessão de caras iguais como na repetição monótona de um rosto só. Nas caras não há senão a inexpressão. A inexpressão ampliada como em fotografia ampliada. Um painel e cada vez com maior número de caras iguais. É só isso. Mas o líder se cobre de suor diante da visão inócua de milhares de olhos vazios que não pestanejam. Durante o dia o discurso do líder é cada vez mais longo, ele adia cada vez mais o instante da chave de ouro. Ultimamente ataca, denuncia, denuncia, denuncia, esbraveja e quando, em apoteose, termina, vai para o banheiro, fecha a porta e, uma vez sozinho, encosta-se à porta fechada, enxuga a testa molhada com o lenço. Mas tem sido inútil. De noite é sempre maior o número silencioso. Cada noite as caras aproximam-se um pouco mais. Cada noite ainda um pouco mais. Até que ele já lhes sente o calor do hálito. As caras inexpressivas respiram – o líder acorda num grito. Tenta explicar à mulher: sonhei que... sonhei que... Mas não tem o que contar. Sonhou que era um líder de pessoas vivas.

ATENÇÃO AO SÁBADO

Acho que sábado é a rosa da semana; sábado de tarde a casa é feita de cortinas ao vento, e alguém despeja um balde de água no terraço: sábado ao vento é a rosa da semana; sábado de manhã, a abelha no quintal, e o vento: uma picada, o rosto inchado, sangue e mel, aguilhão em mim perdido: outras abelhas farejarão e no outro sábado de manhã vou ver se o quintal vai estar cheio de abelhas. No sábado é que as formigas subiam pela pedra. Foi num sábado que vi um homem sentado na sombra da calçada comendo de uma cuia de carne-seca e pirão; nós já tínhamos tomado banho. De tarde a campainha inaugurava ao vento a matinê de cinema: ao vento sábado era a rosa de nossa semana. Se chovia só eu sabia que era sábado; uma rosa molhada, não? No Rio de Janeiro, quando se pensa que a semana vai morrer, com grande esforço metálico a semana se abre em rosa: o carro freia de súbito e, de súbito, antes do vento espantado poder recomeçar, vejo que é sábado de tarde. Tem sido sábado, mas já não me perguntam mais. Então eu não digo nada, aparentemente submissa. Mas já peguei as minhas coisas e fui para domingo de manhã. Domingo de manhã também é a rosa da semana. Não é propriamente rosa que eu quero dizer.

POR SER HOJE

... sem nenhum acontecimento me provocando, sem nenhuma expectativa, de tarde, esta tarde, eu, aplicando-me na caligrafia que tem ocupado as minhas horas, eu, também eu uma das freiras, em labor de abelha bordo a fio de ouro: Viva 7 de junho.

A SENSÍVEL

Foi então que ela atravessou uma crise que nada parecia ter a ver com sua vida: uma crise de profunda piedade. A cabeça tão limitada, tão bem penteada, mal podia suportar perdoar tanto. Não podia olhar o rosto de um tenor enquanto este cantava alegre – virava para o lado o rosto magoado, insuportável, por piedade, não suportando a glória do cantor. Na rua de repente comprimia o peito com as mãos enluvadas – assaltada de perdão. Sofria sem recompensa, sem mesmo a simpatia por si própria.

Essa mesma senhora, que sofreu de sensibilidade como de doença, escolheu um domingo em que o marido viajava para procurar a bordadeira. Era mais um passeio que uma necessidade. Isso ela sempre soubera: passear. Como se ainda fosse a menina que passeia na calçada. Sobretudo passeava muito quando "sentia" que o marido a enganava. Assim foi procurar a bordadeira, no domingo de manhã. Desceu uma rua cheia de lama, de galinhas e de crianças nuas – aonde fora se meter! A bordadeira, na casa cheia de filhos com cara de fome, o marido tuberculoso – a bordadeira recusou-se a bordar a toalha porque não gostava de fazer ponto de cruz! Saiu afrontada e perplexa. "Sentia-se" tão suja pelo calor da manhã, e um de seus prazeres era pensar que sempre, desde pequena, fora muito limpa. Em casa almoçou sozinha, deitou-se no quarto meio escurecido, cheia de sentimentos maduros e sem amargura. Oh pelo menos uma vez não "sentia" nada. Senão talvez a perplexidade diante da liberdade da bordadeira pobre. Senão talvez um sentimento de espera. A liberdade.

Até que, dias depois, a sensibilidade se curou assim como uma ferida seca. Aliás, um mês depois, teve seu primeiro amante, o primeiro de uma alegre série.

DISCURSO DE INAUGURAÇÃO

... o futuro que estamos aqui inaugurando é uma linha metálica. É alguma coisa que de propósito é destituída. De tudo o que vivemos só ficará esta linha. Ela é o resultado do cálculo matemático da insegurança: quanto mais depurada, menos risco ela correrá, a linha metálica não corre o risco da linha de carne. Só a linha metálica não dará aos abutres do que comer. A nossa linha metálica não tem possibilidade de putrefação. É uma linha que se garante eterna. Nós, os que aqui estamos neste momento, a iniciamos com o propósito de que seja eterna. Queremos uma linha metálica porque do princípio ao fim ela é do mesmo metal. Não sabemos com muita certeza se essa linha será forte bastante para salvar, mas é forte para durar. Para durar por si só, como criação nossa. Ainda não se apurou se a linha vergará ao peso da primeira alma que nela se pendure, como sobre os abismos do Inferno.

Como é essa linha? Ela é escorregadia e cilíndrica. E assim como o fio de cabelo, embora tão fino, tem dentro de si lugar para ser oco – assim essa nossa linha é vazia. Ela é deserta por dentro. Mas nós, que aqui estamos, temos um gosto e uma nostalgia pelo deserto como se já tivéssemos sido desapontados pelo sangue. Nós a deixaremos oca para que o futuro a encha. Nós que, por vitalidade, poderíamos tê-la enchido conosco, nós nos abstemos. Assim vós sereis a nossa sobrevivência, mas sem nós: esta nossa missão é missão suicida. A linha metálica eterna, produto de nós todos que aqui estamos reunidos neste momento, essa linha metálica eterna é o nosso crime contra hoje e também o nosso mais puro esforço. Nós a lançamos no espaço, lançamo-la de nosso cordão umbilical, e o arremesso é para a eternidade. A intenção oculta é que, ao arremessá-la, também o nosso corpo – a ela preso pelo cordão umbilical – também o nosso corpo seja arrancado do chão de hoje e se arremesse para o espaço. Esta é a nossa esperança, esta é a nossa paciência. Este é o nosso cálculo de eternidade. A missão é suicida: nós nos voluntariamos para o futuro. Somos homens de negócio que não precisam de dinheiro, mas da própria posteridade. O que temos tirado para nós mesmos do presente não tem de forma alguma desgastado a eternidade. Temos amado, mas isso não desgasta o futuro, pois temos amado exclusivamente à moda de hoje, o que um dia será apenas carne para os abutres; também temos comido pão com manteiga, o que também não rouba do futuro, pois pão com manteiga é apenas o nosso singelo prazer filial; e no Natal temos nos reunido à família. Mas nada disso prejudica a linha eterna, que é o nosso verdadeiro negócio. Somos os artistas do negócio e fazemos o sacrifício como barganha: nosso sacrifício é o mais rendoso investimento. De vez em quando, também sem desgaste da eternidade, nós nos damos à paixão. Mas isso podemos tranquilamente tirar do presente para nós mesmos, pois futuramente seremos apenas os mortos antigos dos outros. Não faremos como os nossos próprios mortos antigos que nos deixaram, em herança e peso, a carne e a alma, e ambas inacabadas. Nós, não. Derrotados por séculos de paixão, derrotados por um amor que tem sido inútil, derrotados por uma desonestidade que não tem dado frutos – nós investimos na honestidade como sendo mais rendosa e criamos a linha do mais sincero metal. Legaremos um duro e sólido arcabouço que contém o vazio. Como no oco estreito de um fio de cabelo, para os que vêm será árduo entrar dentro da linha metálica. Nós, que agora a inauguramos, sabemos que entrar na nossa linha metálica será a porta estreita dos que vêm.

Quanto a nós mesmos, assim como nossos filhos nos estranham, a linha metálica eterna nos estranhará e terá vergonha de nós, que a construímos. Estamos porém cientes de que se trata de missão suicida de sobrevivência. Nós, os artistas do grande negócio, sabemos que a obra de arte não nos entende. E que viver é missão suicida.

ESCREVENDO

Não me lembro mais onde foi o começo, foi por assim dizer escrito todo ao mesmo tempo. Tudo estava ali, ou devia estar, como no espaço-temporal de um piano aberto, nas teclas simultâneas do piano. Escrevi procurando com muita atenção o que se estava organizando em mim e que só depois da quinta paciente cópia é que passei a perceber. Meu receio era de que, por impaciência com a lentidão que tenho em me compreender, eu estivesse apressando antes da hora um sentido. Tinha a impressão de que, mais tempo eu me desse, e a história diria sem convulsão o que ela precisava dizer. Cada vez mais acho tudo uma questão de paciência, de amor criando paciência, de paciência criando amor. – Ele se levantou todo ao mesmo tempo, emergindo mais aqui do que ali. Eu interrompia uma frase no capítulo 10, digamos, para escrever o que era o capítulo 2, por sua vez interrompido durante meses porque escrevia o capítulo 18. Esta paciência eu tive, e com ela aprendia: a de suportar, sem nenhuma promessa, o grande incômodo da desordem. Mas também é verdade que a ordem constrange. – Como sempre, a dificuldade maior era a da espera. (Estou me sentindo mal, diria a mulher para o médico. É que a senhora vai ter um filho. E eu que pensava que estava morrendo, responderia a mulher. A alma deformada, crescendo, se avolumando, sem nem ao menos se saber que aquilo é espera. Às vezes, ao que nasce morto, sabe-se que se esperava.) – Além da espera difícil, a paciência de recompor paulatinamente a visão que foi instantânea. E como se isso não bastasse, infelizmente não sei "redigir", não consigo "relatar" uma ideia, não sei "vestir uma ideia com palavras". O que vem à tona já vem com ou através de palavras, ou não existe. – Ao escrevê-lo, de novo a certeza só aparentemente paradoxal de que o que atrapalha ao escrever é ter de usar palavras. É incômodo. Se eu pudesse escrever por intermédio de desenhar na madeira ou de alisar uma cabeça de menino ou de passear pelo campo, jamais teria entrado pelo caminho da palavra. Faria o que tanta gente que não escreve faz, e exatamente com a mesma alegria e o mesmo tormento de quem escreve, e com as mesmas profundas decepções inconsoláveis: não usaria palavras. O que pode vir a ser a minha solução. Se for, bem-vinda.

MINEIRINHO

É, suponho que é em mim, como um dos representantes de nós, que devo procurar por que está doendo a morte de um facínora. E por que é que mais me adianta contar os treze tiros que mataram Mineirinho do que os seus crimes. Perguntei a minha cozinheira o que pensava sobre o assunto. Vi no seu rosto a pequena convulsão de um conflito, o mal-estar de não entender o que se sente, o de precisar trair sensações contraditórias por não saber como harmonizá-las. Fatos irredutíveis, mas revolta irredutível também, a violenta compaixão da revolta. Sentir-se dividido na própria perplexidade diante de não poder esquecer que Mineirinho era perigoso e já matara demais; e no entanto nós o queríamos vivo. A cozinheira se fechou um pouco, vendo-me talvez como a justiça que se vinga. Com alguma raiva de mim, que estava mexendo na sua alma, respondeu fria: "O que eu sinto não serve para se dizer. Quem não sabe que Mineirinho era criminoso? Mas tenho certeza de que ele se salvou e já entrou no céu." Respondi-lhe que "mais do que muita gente que não matou".

Por quê? No entanto a primeira lei, a que protege corpo e vida insubstituíveis, é a de que não matarás. Ela é a minha maior garantia: assim não me matam, porque eu não quero morrer, e assim não me deixam matar, porque ter matado será a escuridão para mim.

Esta é a lei. Mas há alguma coisa que, se me faz ouvir o primeiro e o segundo tiro com um alívio de segurança, no terceiro me deixa alerta, no quarto desassossegada, o quinto e o sexto me cobrem de vergonha, o sétimo e o oitavo eu ouço com o coração batendo de horror, no nono e no décimo minha boca está trêmula, no décimo primeiro digo em espanto o nome de Deus, no décimo segundo chamo meu irmão. O décimo terceiro tiro me assassina – porque eu sou o outro. Porque eu quero ser o outro.

Essa justiça que vela meu sono, eu a repudio, humilhada por precisar dela. Enquanto isso durmo e falsamente me salvo. Nós, os sonsos essenciais. Para que minha casa funcione, exijo de mim como primeiro dever que eu seja sonsa, que eu não exerça a minha revolta e o meu amor, guardados. Se eu não for sonsa, minha casa estremece. Eu devo ter esquecido que embaixo da casa está o terreno, o chão onde nova casa poderia ser erguida. Enquanto isso dormimos e falsamente nos salvamos. Até que treze tiros nos acordam, e com horror digo tarde demais – vinte e oito anos depois que Mineirinho nasceu – que ao homem acuado, que a esse não nos matem. Porque sei que ele é o meu erro. E de uma vida inteira, por Deus, o que se salva às vezes é apenas o erro, e eu sei que não nos salvaremos enquanto nosso erro não nos for precioso. Meu erro é o meu espelho, onde vejo o que em silêncio eu fiz de um homem. Meu erro é o modo como vi a vida se abrir na sua carne e me espantei, e vi a matéria de vida, placenta e sangue, a lama viva. Em Mineirinho se rebentou o meu modo de viver. Como não amá-lo, se ele viveu até o décimo terceiro tiro o que eu dormia? Sua assustada violência. Sua violência inocente – não nas consequências, mas em si inocente como a de um filho de quem o pai não tomou conta. Tudo o que nele foi violência é em nós furtivo, e um evita o olhar do outro para não corrermos o risco de nos entendermos. Para que a casa não estremeça. A violência rebentada em Mineirinho que só outra mão de homem, a mão da esperança, pousando sobre sua cabeça aturdida e doente, poderia aplacar e fazer com que seus olhos surpreendidos se erguessem e enfim se enchessem de lágrimas. Só depois que um homem é encontrado inerte no chão, sem o gorro e sem os sapatos, vejo que esqueci de lhe ter dito: também eu.

Eu não quero esta casa. Quero uma justiça que tivesse dado chance a uma coisa pura e cheia de desamparo e Mineirinho – essa coisa que move montanhas e é a mesma que o faz gostar "feito doido" de uma mulher, e a mesma que o levou a passar por porta tão estreita que dilacera a nudez; é uma coisa que em nós é tão intensa e límpida como uma grama perigosa de *radium*, essa coisa é um grão de vida que se for pisado se transforma em algo ameaçador – em amor pisado; essa coisa, que em Mineirinho se tornou punhal, é a mesma que em mim faz com que eu dê água a outro homem, não porque eu tenha água, mas porque, também eu, sei o que é sede; e também eu, não me perdi, experimentei a perdição. A justiça prévia, essa não me envergonharia. Já era tempo de, com ironia ou não, sermos mais divinos; se adivinhamos o que seria a bondade de Deus é porque adivinhamos em nós a bondade, aquela que vê o homem antes de ele ser um doente do crime. Continuo, porém, esperando que Deus seja o pai, quando sei que um homem pode ser o pai de outro homem. E continuo a morar na casa fraca. Essa casa, cuja porta protetora eu tranco tão bem, essa casa não resistirá à primeira ventania que fará voar pelos ares uma porta trancada. Mas ela está de pé, e Mineirinho viveu por mim a raiva, enquanto eu tive calma. Foi fuzilado na sua força desorientada, enquanto um deus fabricado no último instante abençoa às pressas a minha maldade organizada e a minha justiça estupidificada: o que sustenta as paredes de minha casa é a certeza de que sempre me justificarei, meus amigos não me justificarão, mas meus inimigos que são os meus cúmplices, esses me cumprimentarão; o que me sustenta é saber que sempre fabricarei um deus à imagem do que eu precisar para dormir tranquila, e que outros furtivamente fingirão que estamos todos certos e que nada há a fazer. Tudo isso, sim, pois somos os sonsos essenciais, baluartes de alguma coisa. E sobretudo procurar não entender.

Porque quem entende desorganiza. Há alguma coisa em nós que desorganizaria tudo – uma coisa que entende. Essa coisa que fica muda diante do homem sem o gorro e sem os sapatos, e para tê-los ele roubou e matou; e fica muda diante do S. Jorge de ouro e diamantes. Essa alguma coisa muito séria em mim fica ainda mais séria diante do homem metralhado. Essa alguma coisa é o assassino em mim? Não, é o desespero em nós. Feito doidos, nós o conhecemos, a esse homem morto onde a grama de *radium* se incendiara. Mas só feito doidos, e não como sonsos, o conhecemos. É como doido que entro pela vida que tantas vezes não tem porta, e como doido compreendo o que é perigoso compreender, e só como doido é que sinto o amor profundo, aquele que se confirma quando vejo que o *radium* se irradiará de qualquer modo, se não for pela confiança, pela esperança e pelo amor, então miseravelmente pela doente coragem de destruição. Se eu não fosse doido, eu seria oitocentos policiais com oitocentas metralhadoras, e esta seria a minha honorabilidade.

Até que viesse uma justiça um pouco mais doida. Uma que levasse em conta que todos temos que falar por um homem que se desesperou porque neste a fala humana já falhou, ele já é tão mudo que só o bruto grito desarticulado serve de sinalização. Uma justiça prévia que se lembrasse de que nossa grande luta é a do medo, e que um homem que mata muito é porque teve muito medo. Sobretudo uma justiça que se olhasse a si própria, e que visse que nós todos, lama viva, somos escuros, e por isso nem mesmo a maldade de um homem pode ser entregue à maldade de outro homem: para que este não possa cometer livre e aprovadamente um crime de fuzilamento. Uma justiça que não se esqueça de que nós todos somos perigosos, e que na hora em que o justiceiro mata, ele não está mais nos protegendo nem querendo eliminar um criminoso, ele está cometendo o seu crime particular, um longamente guardado. Na hora de matar um criminoso – nesse instante está sendo morto um inocente. Não, não é que eu queira o sublime, nem as coisas que foram se tornando as palavras que me fazem dormir tranquila, mistura de perdão, de caridade vaga, nós que nos refugiamos no abstrato.

O que eu quero é muito mais áspero e mais difícil: quero o terreno.

POSFÁCIO
PARA LER "DISTRAIDAMENTE" E NÃO ESQUECER

> Ela própria fora apanhada por uma das rodas do sistema perfeito.
>
> Talvez mal apanhada, com a cabeça para baixo e uma perna saltando fora.
>
> Mas de sua posição, quem sabe mesmo se privilegiada, espiava ainda bastante bem.
>
> Clarice Lispector – *A cidade sitiada*

Publicado como livro independente em 1978, ano seguinte à morte de Clarice Lispector, *Para não esquecer* tem uma história que merece ser resgatada, e que lembra, de certo modo, aquelas *matriochkas* russas – bonecas que guardam dentro de si outras bonecas semelhantes, numa série progressiva que, embora limitada, sugere, associado à ideia de fertilidade, simultaneamente, o infinitesimal e o incomensurável. O livro resultou de uma decupagem, digamos assim, da segunda parte de *A legião estrangeira* (1964), intitulada "Fundo de gaveta", da qual foram suprimidos alguns textos.

Ao apresentar "Fundo de gaveta" ao leitor, Lispector faz observações que indicam que ela estava consciente de que os seus escritos instauravam uma tensão em relação aos valores dominantes do sistema literário, no qual entravam, parafraseando aqui o que diz o narrador de Lucrécia, heroína de *A cidade sitiada* (1949), de cabeça para baixo e com uma perna saltando fora:

> Por que publicar o que não presta? Porque o que presta também não presta. Além do mais, o que obviamente não presta sempre me interessou muito. Gosto de um modo carinhoso do inacabado, do malfeito, daquilo que desajeitadamente tenta um pequeno voo e cai sem graça no chão (LISPECTOR, 1964, p. 127).

Ocorre que, como nos informa Aparecida Maria Nunes (2006) em sua pesquisa sobre o trabalho de Clarice Lispector na imprensa, grande parte dos textos selecionados para compor "Fundo de gaveta" já havia sido publicada antes, a partir de 1962, na coluna "Children's Corner" da prestigiosa revista *Senhor* (publicada entre 1959 a 1964):

> Além de contos, Clarice Lispector passou a manter na revista *Senhor* uma coluna fixa, denominada *Children's Corner*, assinada apenas pelas iniciais C. L.. Nessa coluna, publicaria textos pequenos, fragmentos de romances, anotações e até contos inteiros, como "Tentação", "A quinta história" e "Brasília: cinco dias".
>
> Os textos de *Children's Corner* seriam compilados na segunda parte do livro *A legião estrangeira* (1964), com o nome de "Fundo de gaveta". Anos depois, foram republicados sob o título de *Para não esquecer* (1978) (NUNES, 2006, p. 79).

Para não esquecer resulta, portanto, de uma compilação de "Fundo de gaveta" que, por sua vez, resulta de uma compilação da miscelânea de textos publicados na revista *Senhor*, na coluna "Children's Corner". Heterogêneos, esses textos são, em sua maioria, de pequena extensão, caracterizando-se como anotações, fragmentos, pensamentos, aforismos, frases que registram instantes de iluminação poética, crônicas, notas sobre artes plásticas ou espetáculos, reflexões sobre o ato de escrever e a literatura, contos... Ganham, em conjunto, o *status* de um laboratório de escrita a partir do qual se pode visitar a obra da escritora, com a qual eles mantêm laços não apenas temáticos, mas também formais. A experimentação, não discrepante do entusiasmo que marcou esse período histórico do Brasil, é a tônica. E, por meio dela, é possível flagrar os grandes traços temático-formais que, nas obras mais famosas, singularizam a escrita de Lispector.

Nos textos reunidos em *Para não esquecer* há alguns traços que se destacam:

a) um constante exercício de reflexão sobre escrever, criar, fazer arte e literatura;

b) um constante exercício de, por meio da escrita, experimentar *ser o outro* que ocupa a posição de personagem protagonista. Nesses textos, uma dupla perspectivização faz com que a alteridade seja enfocada de dentro e de fora de sua experiência singular;

c) um registro de experiências epifânicas à maneira da escritora, ou seja, fenômenos nos quais uma experimentação do divino emerge em meio à vida ordinária, tomando de assalto aquele que a vivencia e transfigurando-o irremediavelmente;

d) um registro de episódios do cotidiano familiar em que a perspectiva infantil é destacada em sua potência poética e questionadora.

Neste posfácio, sem nenhuma pretensão de fixação de um sentido único, busco abrir possibilidades de leitura para alguns desses textos. Vamos a eles:

Romance

Ficaria mais atraente se eu o tornasse mais atraente. Usando, por exemplo, algumas das coisas que emolduram uma vida ou uma coisa ou romance ou um personagem. É perfeitamente lícito tornar atraente, só que há o perigo de um quadro se tornar quadro porque a moldura o fez quadro. Para ler, é claro, prefiro o atraente, me cansa menos, me arrasta mais, me delimita e me contorna. Para escrever, porém, tenho que prescindir. A experiência vale a pena, mesmo que seja apenas para quem escreveu (LISPECTOR, 1999, p. 20).

Note-se a consciência manifesta quanto a saber tornar um texto "mais atraente", valendo-se de recursos que agradariam uma recepção automatizada pelo hábito, cuja contraparte seria uma produção literária que referendasse certos parâmetros de gosto, de crítica e de valorização do texto literário. Em sentido contrário, observe-se, ao mesmo tempo, que a ênfase recai na experimentação por parte do escritor, ponto que sustenta sua inflexibilidade quanto a não fazer concessões em sua escrita, resistência que Lispector manteve até o fim da vida, mesmo quando teve de escrever sob encomenda.

Em "Escrever, humildade, técnica", a escritora reflete sobre o seu "problema" quanto a escrever:

Essa incapacidade de atingir, de entender, é que faz com que eu, por instinto de... de quê? Procure um modo de falar que me leve mais depressa ao entendimento. Esse modo, esse "estilo" (!), já foi chamado de várias coisas, mas não do que realmente e apenas é: uma procura humilde. Nunca tive um só problema de expressão, meu problema é muito mais grave: é o de concepção. [...] Humildade como técnica é o seguinte: só se aproximando com humildade da coisa é que ela não escapa totalmente [...] (LISPECTOR, 1999, p. 25).

A substância da "procura humilde" ou da "humildade como técnica" está longe de quaisquer "bons sentimentos" ou propósitos moralizantes pequeno-burgueses. Ela se constitui numa espécie de indiferença soberana, indicada no final do texto "Aventura", também voltado para o ato e o compromisso de escrever, traduzindo-se como "aproximação mais isenta e real em relação a viver e, de cambulhada, a escrever" (LISPECTOR, 1999, p. 27):

> Minhas intuições se tornam mais claras ao esforço de transpô-las em palavras. É neste sentido, pois, que escrever me é uma necessidade. De um lado, porque escrever é um modo de não mentir o sentimento (a transfiguração involuntária da imaginação é apenas um modo de chegar); de outro lado, escrevo pela incapacidade de entender, sem ser através do processo de escrever. Se tomo um ar hermético, é que não só o principal é não mentir o sentimento como porque tenho incapacidade de transpô-lo de um modo claro sem que o minta – mentir o pensamento seria tirar a única alegria de escrever [...] (LISPECTOR, 1999, p. 26).

É aquela "aproximação mais isenta e real" em relação a viver e escrever que permite a Lispector valer-se, como nos ensina Nádia Battella Gotlib (1988), do paradoxo para extrair, nos textos, as muitas possibilidades de sentido que caracterizam a afirmação simultânea de contrários que se cruzam numa mesma experiência. Não só as personagens claricianas experimentam o paradoxo e a afirmação simultânea de contrários que se afirmam e se anulam, se harmonizam e se digladiam mortalmente – leia-se, por exemplo, "Instantâneo de uma senhora", "Sem aviso", "Uma ira" –, mas também o próprio texto clariciano aspira a instalar-se simultaneamente no centro e na periferia do sistema literário e, numa constante, voltando-se contra as limitações de ambos. É nesse sentido que se pode compreender o valor daquilo que "não presta" porque "o que presta também não presta". Por isso, os textos só aparentemente menores reunidos em "Fundo de gaveta" discutem, como quem não quer nada, a tradição e os valores que animam o sistema literário e cultural de nossa sociedade. Eles resultam de uma avaliação crítica nascida de um revés do olhar, de um vislumbre que questiona aquilo que, no impulso estético (na *Aventura*), se quer ideal, mas que, por compromisso ético, deve dialogar com o real.

Em "Literatura e justiça", Lispector discute a relação entre o escrever e o compromisso social do escritor:

[...] minha tolerância em relação a mim, como pessoa que escreve, é perdoar eu não saber como me aproximar de um modo "literário" (isto é, transformado na veemência da arte) da "coisa social". [...] tenho um modo simplório de me aproximar do fato social: eu queria era "fazer" alguma coisa, como se escrever não fosse fazer. O que não consigo é usar escrever para isso, por mais que a incapacidade me doa e me humilhe. O problema de justiça é em mim um sentimento tão óbvio e tão básico que não consigo me surpreender com ele – e sem me surpreender, não consigo escrever. [...] Do que me envergonho, sim, é de não "fazer", de não contribuir com ações [...] (LISPECTOR, 1999, p. 29).

Assumindo uma incapacidade de, ao escrever, responder aos problemas sociais nos termos do que usualmente se reconhece como engajamento político, Lispector distingue escrever de agir para resolver problemas sociais, envergonhando-se de não contribuir com ações concretas. Recusando antecipadamente, porém, qualquer absolvição dessa vergonha, rejeita, no final do texto, o referendo do sistema de valores de onde ela procede ao finalizar o texto com a seguinte contraposição: "Mas de escrever o que escrevo não me envergonho: sinto que, se eu me envergonhasse, estaria pecando por orgulho" (LISPECTOR, 1999, p. 30). Escrever é, pois, um fazer não utilitarista, por isso não se pode circunscrever o "modo 'literário'" à "coisa social", embora escrever seja sempre um fazer ético de que não se pode envergonhar-se.

Quanto aos textos que registram o exercício de *ser o outro*, destacam-se em *Para não esquecer* os "retratos" de mulheres velhas, empregadas domésticas, escritoras fracassadas. A velha de "Instantâneo de uma senhora", por exemplo, aproxima-se da protagonista do famoso conto "Feliz aniversário", de *Laços de família* (1960). Tal como ela, experimenta, na condição de traste, coisa velha, estar à margem do sistema no qual, sugere o texto, já ocupara o centro. Tanto é assim que, ao surpreender os moradores da pensão em que mora retornando de uma inesperada visita à casa do filho, abraça-se à vacuidade dos estereótipos que nada mais são do que a ideologia que define a família como instituição:

> Disse que passara o domingo na casa do filho, onde pernoitara. Estava de vestido preto de um cetim já apagado; em vez de ir para o quarto mudar de roupa e ser uma pessoa da pensão, sentou-se na sala de visitas e disse que a família era a base da sociedade. Referiu-se de passagem a um banho de imersão que tomara na confortável banheira da nora (LISPECTOR, 1999, pp. 16-17).

A velha, que é inicialmente descrita como uma espécie de magnífica ruína – "Era volumosa, cheirava a quando a galinha vem meio crua para a mesa. Tinha cinco dentes e a boca seca" (LISPECTOR, 1999, p. 16) –, termina por vomitar, nauseada com a lembrança da visita à casa do filho: "Na hora em que elogiou o passadio magnífico da casa do filho seus olhos se fecharam de náusea. Recolheu-se, vomitou, recusou ajuda quando lhe bateram à porta do quarto (LISPECTOR, 1999, p. 17).

O contraste entre a figura da velha e a opulência da comida na casa do filho sinaliza as duas margens inconciliáveis da experiência que, no entanto, e ironicamente, encontram-se unidas pelos laços de família. Alijada do "centro do mundo", a velha reage com náusea. E é aqui, precisamente, que o conflito existencial que ela vive se manifesta, tal como em "Feliz aniversário", sob a forma de um espetáculo corporal. A náusea é um índice de mal-estar profundo que sacode os corpos da protagonista: o da pensionista, o da mãe de família, e aquele, *outro*, que se imiscui entre ambos e que vive sob a ameaça da funcionalização. Há um conflito entre esses corpos, que submetem a velha a representações sociais estereotipadas, e o corpo fluido, outro, que a anima a passear, banhar-se, vomitar. O mascaramento a que os corpos socialmente reconhecidos e validados se prestam fica evidente no contraste entre o "vestido preto de um cetim já apagado" e o "largo vestido de estampazinha de ramagem" (LISPECTOR, 1999, p. 17) usado sem *soutien* pela personagem no final de sua aventura. Na qualidade de metáfora orgânica de recusa e negação da alienação, só a náusea é digna neste conto. Só ela dignifica a velha porque é o que lhe permite chegar à conclusão de que "Fora feliz inutilmente" (LISPECTOR, 1999, p. 16). A náusea é o que se contrapõe visceralmente à alienação, instalando uma descontinuidade na experiência cotidiana que obriga aquele que a experimenta a pensar, a reconhecer criticamente a sua experiência, a dissociar-se, ainda que momentaneamente, dos lugares-comuns da ideologia com a qual se conforma.

Já "Mal-estar de um anjo", escrito em primeira pessoa, relata as torturas por que passou a narradora protagonista quando, num dia de chuva torrencial, cedeu ao apelo de uma outra mulher e dividiu o táxi que ocupava. A outra, agradecida e continuamente chamando-a de "anjo", logo se torna abusiva – o que obriga a narradora a reagir com dureza, após fazer o jogo, com ironia que a outra nem percebe, da conversação amigável. O conto estabelece uma distinção entre a narradora protagonista e a mulher prática que, preocupada com os preparativos para uma noite de *première*, a instrumentaliza com boa educação e gratidão interesseira. Vítima da própria participação no jogo de representações mobilizado espertamente pela caronista, não resta à narradora senão criticar-se antes de se despojar, por meio de uma grosseria, das amarras habilmente empregadas pela oportunista. É com dura ironia que a narradora estabelece uma silenciosa distinção entre si mesma e a agilidade prática e fútil da outra que, aos seus olhos, "devia ser mulher habituada a comprar com dinheiro" (LISPECTOR, 1999, p. 34).

Este conto é explícito no que se refere ao poderoso dispositivo de descondicionamento (HANSEN, 1989) afirmado na obra de Lispector. Não há ilusões quanto à necessidade de reiteradamente construí-lo e, para isso, todas as oportunidades são não apenas boas, mas necessárias. A luta é permanente e se trava no feijão com arroz das relações cotidianas, *locus* por excelência da reatualização coercitiva da ideologia utilitarista que preside a nossa sociedade. A narradora é explícita quando afirma:

A alegria satisfeitona daquela senhora começava a me deixar sombria: ela fizera uso exorbitante de mim. Fizera de minha natureza indecisa uma profissão definida, transformara minha espontaneidade em dever, acorrentava-me a mim, que era anjo, o que a essa altura eu já não podia mais negar, mas anjo livre. Quem sabe, porém, eu só fora mandada ao mundo para aquele instante de utilidade. Era isso, pois, o que eu valia. No táxi, eu não era um anjo decaído: era um anjo que caía em si. Caí em mim e fechei a cara. [...] Ela, a minha protegida, continuava a falar bem de mim, ou melhor, de minha função. Emburrei (LISPECTOR, 1999, p. 35).

A tomada de consciência resulta em interrupção do mascaramento, da interação social calcada na reificação, em sabotagem da linguagem comum. Isso vale, no conto, para que a narradora safe-se de ser vítima da gratidão prática da outra, salve-se de ser alienada a ponto de identificar-se com a função por ela elogiada. É de se notar que a organização da narrativa, articulada a partir do conflito entre a narradora protagonista e a caronista, também faz uso da autora implícita identificada com a vítima. Tal dado é fundamental para compreendermos o valor e a importância da encenação, de ser o outro realizado como exercício, nem sempre agradável, na literatura de Lispector: ainda que não goste, a protagonista experimenta ser "um anjo" para a outra, interrompendo o jogo no momento exato em que ele ameaça aliená-la de si e de seus reais interesses.

Dá-se o mesmo em outros escritos de Clarice. Seu mal--estar em relação à crítica, à imprensa, ao mercado editorial está eivado do cuidado de não se deixar funcionalizar, de não se deixar reduzir a rótulos. Este dispositivo de descondicionamento da escrita e da escritora, que se afirma de modo sutil, será, depois, radicalizado, por exemplo, em

A via crucis do corpo (1974) e *A hora da estrela* (1977) – livros em que a mistura de gêneros, o jogo com a heteronímia, a metalinguagem e a apropriação de clichês e do *kitsch* serão recursos utilizados para desestabilizar as armadilhas da alienação postas por público, crítica, sistema literário e mercado editorial.

"Um amor conquistado" reitera o dispositivo de descondicionamento que caracteriza a literatura de Lispector, destacando a liberdade como valor maior do que o amor. Misto de crônica, conto e causo, o texto narra o encontro da escritora, acompanhada do jornalista e cronista Ivan Lessa, com um homem que transformara um quati em bicho de estimação, tratando-o como um cachorro. À alienação do ser do quati produzida com amor pelo homem que o tomara como animal de estimação, Lispector contrapõe o seu desejo de que o quati se liberte:

> Era um quati que se pensava cachorro. [...] Fiquei olhando esse quati que não sabe quem é. Imagino: se o homem o leva para brincar na praça, tem uma hora que o quati se constrange todo: "mas, santo Deus, por que é que os cachorros me olham tanto?" [...]
>
> Mas se ao quati fosse de súbito revelado o mistério de sua verdadeira natureza? [...] Bem sei, ele teria direito, quando soubesse, de massacrar o homem com o ódio pelo que de pior um ser pode fazer a outro ser – adulterar-lhe a essência a fim de usá-lo. Eu sou pelo bicho, tomo o partido das vítimas do amor ruim. Mas imploro ao quati que perdoe ao homem, e que o perdoe com muito amor. Antes de abandoná-lo, é claro (LISPECTOR, 1999, p. 81–82).

A apropriação de frases e textos afeita à técnica do *ready made* de Marcel Duchamp se prestará ao exercício de, via escrita, simultaneamente *ser o outro* e vê-lo com distanciamento crítico nos textos "A arte de não ser voraz" e "A cozinheira feliz, a grandeza da sinceridade". O primeiro deles é composto por uma única fala em francês, que diz: "Moi, madame, j'aime manger juste avant la faim. Ça fait plus distingué." (LISPECTOR, 1999, p. 65). A frase recortada oferece uma imagem de seu enunciador. E a ambiguidade instaurada mediante esse recorte tanto presentifica esse enunciador apegado à etiqueta e à boa educação quanto comenta, com sutil ironia, o seu apego a um comportamento afetado que o aliena do contato com a experiência primária e vital da fome. Já o segundo texto apresenta, sem mediação de narrador, uma carta de amor endereçada a Therezinha, a cozinheira feliz:

> Therezinha meu amor. Estás sempre em meu coração. Desde o momento em que a vi meu coração tornou-se cativo de seus encantos. Ao vê-la tão meiga e bela senti minh'alma perturbada minha vida até então vazia e triste. Tornou-se cheia de luz e esperança acesa em meu peito a chama de amor. O amor que despertou em mim. Therezinha queridinha do coração é iluminado pela sua pureza e encontra em meu coração a grandeza de minha sinceridade. Que felicidade podemos encontrar um dia num coração que pulse junto ao nosso, irmanados nas doçuras e agruras da vida um coração amigo que nos conforte uma alma pura que nos adore e leve ao céu doce balada de amor a mulher querida com que sonhamos. Eternamente seu apaixonado Edgard. Da Therezinha querida peço-lhe. Resposta. Estrada São Luiz, 30-C, Santa Cruz é o meu Endereço (LISPECTOR, 1999, p. 66).

Entre o título, criado por Lispector, e a carta recebida por Therezinha estabelece-se uma ambígua relação de continuidade e descontinuidade. A interação título-carta articula, sob a forma do paradoxo, a concordância e a discordância, a constatação e a ironia do questionamento sutil. No primeiro caso, a interação título-carta ilumina o nexo entre a felicidade da cozinheira e a carta de amor que ela recebera de Edgard. A conexão redunda na atribuição de veracidade à declaração do apaixonado Edgard, que se mostra "grande", à altura de sua sinceridade, expressa na carta de amor que visa seduzir sua destinatária. No segundo caso, insinua-se uma oposição entre o título e a carta, que marca a distinção entre a escritora que cria título e texto ao apropriar-se de uma carta, e Therezinha, que tão-somente recebe a carta, dando-a a ler. Estabelece-se, pois, uma oposição entre a narradora-autora implícita e suas personagens.

A insinuada oposição escritora X personagens é o que faz com que a sinceridade, afirmada na carta de Edgard, gire em falso e admita a possibilidade de reverter-se em seu contrário. Reforça essa possibilidade de sentido a escrita mesma da carta: repleta de clichês e de imagens *kitsch*, redundante e em tudo próxima, senão cópia, de fragmentos de modelos de carta daqueles manuais que ensinavam como cortejar e conquistar as mulheres.

A ambição daquela que cria o texto não é fazê-lo pender para um posicionamento a favor de uma ou de outra possibilidades de leitura e de interpretação, mas flagrar esta dupla sinalização como afirmação paradoxal das duas possibilidades – a crédula e a desconfiada – que o texto encerra: a afirmação da verdade e da validade do amor romântico e a sugestão de que este não passa de fantasia daquela que, ingênua, crê nas juras de amor que não passariam de encenação, estratégia de sedução, possível logro.

O *kitsch*, inicialmente afirmado nas imagens clichês, na redundância e, sobretudo, na falta de originalidade do texto, muito próximo do modelo de carta de amor decalcado de algum manual, relativiza-se. Como? Vejamos.

a) há uma relativização que se processa por meio da afirmação da supremacia do sentimento sobre a forma de expressão – aliás, ideia que é, em si mesma, um clichê herdado do romantismo: maior do que a pobreza dos meios de expressão seria a grandeza da sinceridade que fez Edgard declarar-se apaixonadamente à cozinheira Therezinha. (Será uma armadilha para o leitor incauto ou uma desestabilização da pretensa superioridade crítica do leitor inteligente e refinado? Ambas!);

b) há uma outra relativização que faz reconhecer como *kitsch* não a carta do apaixonado Edgard que tornou tão feliz a cozinheira Therezinha, mas o imaginário a ela intrinsecamente vinculado. Imaginário, este, que não se restringe à mulher, mas engloba mulher e homem num logro comum, embora com riscos e possíveis danos e dores diferenciados, dada a estrutura desigual de poder e de posição na hierarquia social, para cada gênero. Afinal, não se pode ignorar que a possível insinceridade da carta pesa mais sobre o seu autor, e não sobre sua destinatária. No entanto, isca lançada, ela tem na destinatária a sua contraparte complementar, e não uma vítima passiva.

De qualquer maneira, o *kitsch* não se restringe à carta de Edgard, mas, tomando-a como fragmento, estende-se a campos maiores: o código de comportamento, as "regras" do namoro e do jogo de sedução, a estrutura dos comportamentos amorosos de homem e de mulher, o imaginário erótico romântico que enlaça e alimenta os enamorados. Há um deslocamento do *kitsch* da carta para estes campos que a circunscrevem socioculturalmente e que a tornam possível. A carta de Edgard não é um mero índice de mau gosto e de alienação, ética e estética, de uma das personagens às quais diretamente se vincula, ela não se reduz a isso. A carta é índice de um sistema de valores maior, flagrado como algo de mau gosto e sinônimo de alienação ética e estética que engloba destinador e destinatária numa ficção perigosa e sedutora que edulcora o amor, alienando-o.

De sutilezas irônicas (às vezes, autoirônicas) e críticas são feitos muitos dos textos de *Para não esquecer*. Exemplo disso é a particularização (para o sujeito que enuncia) do tom proverbial que caracteriza as máximas, produzindo o efeito de apropriação pessoal de um conceito, cuja verdade tende a ser incontestável. É o caso de "Avareza", constituído de um único e impactante enunciado: "Ter nascido me estragou a saúde" (LISPECTOR, 1999, p. 78). É o caso, também, de "As negociatas": "Depois que descobri em mim mesma como é que se pensa, nunca mais pude acreditar no pensamento dos outros" (LISPECTOR, 1999, p. 79), e também de "'As aparências enganam'": "Minha aparência me engana." (LISPECTOR, 1999, p. 109).

Contrapõem-se a estes textos aqueles em que o registro instantâneo prescinde do tom irônico, que é substituído pela surpresa enlevada e poética. É o caso de "A ceia divina": "Laranja na mesa. Bendita a árvore que te pariu." (LISPECTOR, 1999, p. 19). O registro de experiências epifânicas se dá, também, em "Noite de fevereiro", "A geleia viva", "Entendimento". Nem sempre, porém, a vivência registrada é leve ou tem efeito agradável. Veja-se, por exemplo, "Silent night, holy night":

Em Natal, Rio Grande do Norte, acordei no meio da noite, tranquila como se estivesse despertando de uma tranquila insônia. E ouvi aquela música de ar que uma vez antes já tinha ouvido. É extremamente doce e sem melodia, mas feita de sons que poderiam se organizar em melodia. É flutuante, ininterrupta. [...] O silêncio falava. Era de um agudo suave, constante, sem arestas, todo atravessado por sons horizontais e oblíquos. Milhares de ressonâncias que tinham a mesma altura e a mesma intensidade, a mesma ausência de pressa, noite feliz. [...] Não se sente presença de autor, anjos em grupos incontáveis, impessoais como anjos, anônimos como anjos. Quando o silêncio se manifesta, ele não diz: manifesta-se em silêncio mesmo. [...] Pois o quarto do hotel estava cheio do canto coral do silêncio que se evidenciava. E eu abençoada desse jeito. Mas não quero nunca mais. (LISPECTOR, 1999, p. 26).

À epifania emersa em meio ao cotidiano ordinário segue-se, como sempre em Lispector, uma irremediável transfiguração daquele que a experimenta. O divino não está num além-da-vida abstrato, mas aqui e agora na matéria mesma da vida. E o contato com ele, que exige a entrega sem defesas para efetivar-se, é perturbador. Como diz a narradora de *Água viva*, publicado em 1973: "[...] Deus é o mundo. É o que existe." (LISPECTOR, 1998, p. 30).

Em *Para não esquecer* há, também, textos que registram episódios do cotidiano familiar da escritora, nos quais a perspectiva infantil dos filhos, convertidos em personagens, ganha relevo por sua potência poética, seu efeito-surpresa questionador, seu humor. Observe-se:

Estilo
– Que é isso?
– É um requerimento.
– Você que escreveu? Deixa eu ler. "O abaixo assinado vem requerer a V. S.ª...". Mamãe, puxa, você nunca escreveu tão grã-fino (LISPECTOR, 1999, p. 40).

Mesmo nesses episódios do cotidiano familiar, porém, imiscui-se a possibilidade de um choque revelador:

Conversa com filho

– Sabe, eu tinha vontade, mamãe, de experimentar às vezes ficar doido.

– Mas para quê? (Eu sei, eu sei o que você vai dizer, sei porque em mim o meu bisavô deve ter dito o mesmo, eu sei que é através de quinze gerações que uma só pessoa se forma, e que essa pessoa futura me usou para me atravessar como a uma ponte e está usando meu filho e usará o filho de meu filho, assim como um pássaro pousado numa seta que vagarosamente avança.)

– Para me libertar, assim eu ficava livre...

(Mas haverá a liberdade sem a prévia permissão da loucura. Nós ainda não podemos: somos apenas os gradativos passos dela, dessa pessoa que vem.) (LISPECTOR, 1999, p. 39).

Para não esquecer encerra-se com "Mineirinho", um dos textos preferidos da escritora. Segundo Nunes, "Mineirinho mereceu [...] crônica de Clarice Lispector, em texto encomendado pelo conselho editorial da revista [*Senhor*]" (NUNES, 2006, p. 74 – colchetes nossos). Híbrido de crônica e conto, "Mineirinho" é um dos mais belos textos do livro e, embora escrito há mais de cinquenta anos, ainda é muito atual, pois problematiza as relações entre justiça e crime no Brasil. Refletindo sobre o assassinato do bandido pela polícia com treze tiros, a narradora clama por uma "justiça que tivesse dado chance a uma coisa pura e cheia de desamparo em Mineirinho – essa coisa que move montanhas e é a mesma que o fez gostar 'feito doido' de uma mulher" (LISPECTOR, 1999, p. 125), uma "justiça que se olhasse a si própria, e que visse que nós todos, lama viva, somos escuros, e por isso nem mesmo a maldade de um homem pode ser entregue à maldade de outro homem: para que este não possa cometer livre e aprovadamente um crime de fuzilamento" (LISPECTOR, 1999, p. 127).

Sedutores, os textos reunidos em *Para não esquecer* convidam o leitor a conhecer diversas facetas da escrita de Clarice Lispector. Lê-los "distraidamente", porém, não será um exercício simples porque uma inquietude crítica deles emerge para fisgar, milagrosamente, o leitor, com uma palavra encantada e questionadora.

— ARNALDO FRANCO JUNIOR

REFERÊNCIAS BIBLIOGRÁFICAS

FRANCO Jr., A. *Mau gosto e kitsch nas obras de Clarice Lispector e Dalton Trevisan*. 1999, 382 f. Tese (doutorado em Literatura Brasileira) – Universidade de São Paulo, São Paulo, 2000.

GOTLIB, N. B. Uma aprendizagem dos sentidos. In: _____. *Três vezes Clarice*. Rio de Janeiro: CIEC – Escola de Comunicação – UFRJ, 1988.

HANSEN, J. A. Uma estrela de mil pontas. *Língua e Literatura*, São Paulo: DLCV-FFLCH/USP, s.v., n. 17, p. 107-122, 1989. Disponível em: http://www.revistas.usp.br/linguaeliteratura/article/view/114007. Acesso em: 28 nov. 2019.

LISPECTOR, C. *Para não esquecer*. 3ª ed. São Paulo: Ática, 1984. [*Para não esquecer*. Rio de Janeiro: Rocco, 1999]

_____. Fundo de gaveta. In: _____. *A legião estrangeira*. Rio de Janeiro: Editora do Autor, 1964. p. 125-257.

_____. Feliz aniversário. In: _____. *Laços de família*. 6ª ed. Rio de Janeiro: José Olympio Editora, 1974. p. 59-75. [*Laços de família*. Rio de Janeiro: Rocco, 1999]

_____. *A cidade sitiada*. 5ª ed. Rio de Janeiro: Nova Fronteira, 1982. [*A cidade sitiada*. Rio de Janeiro: Rocco, 1999]

_____. *A hora da estrela*. 6ª ed. Rio de Janeiro: José Olympio Editora, 1981. [*A hora da estrela*. Rio de Janeiro: Rocco, 1998]

_____. *A via crucis do corpo*. Rio de Janeiro: Artenova, 1974. [*A via crucis do corpo*. Rio de Janeiro: Rocco, 1998]

_____. *Água viva*. 7ª ed. Rio de Janeiro: Nova Fronteira, 1980. [*Água viva*. Rio de Janeiro: Rocco, 1998]

NUNES, A. M. *Clarice Lispector Jornalista* – Páginas femininas & outras páginas. São Paulo: Editora SENAC, 2006.

_____. Clarice Lispector na imprensa brasileira. São Paulo, *Revista Cult*, s/v., s/n., s/p., 09 nov. 2017. Disponível em: https://revistacult.uol.com.br/home/clarice-lispector-na-imprensa-brasileira/. Acesso em: 30 nov. 2019.

*Este livro, publicado em
nova edição no quadro das
comemorações do centenário
de nascimento de Clarice
Lispector, foi impresso
com as fontes Didot
e Akzidenz Grotesk.*